语文第二课堂

诗意的故乡

曹文轩 编

山东画报出版社

图书在版编目（CIP）数据

诗意的故乡 / 曹文轩编. —济南: 山东画报出版社, 2019.6
（2019.7重印）
（语文第二课堂）
ISBN 978-7-5474-3133-7

Ⅰ.①诗… Ⅱ.①曹… Ⅲ.①儿童文学–作品综合集–世界
Ⅳ.①I18

中国版本图书馆CIP数据核字(2019)第075749号

语文第二课堂
诗意的故乡
曹文轩　编

项目统筹　王一诺
责任编辑　刘　丛
装帧设计　李海峰　崔腾飞
插图绘画　黄　捷

出 版 人　李文波
主管单位　山东出版传媒股份有限公司
出版发行　山东画报出版社
　　　　　社　　址　济南市市中区英雄山路189号B座　邮编 250002
　　　　　电　　话　总编室（0531）82098472
　　　　　　　　　　市场部（0531）82098479　82098476（传真）
　　　　　网　　址　http://www.hbcbs.com.cn
　　　　　电子信箱　hbcb@sdpress.com.cn
印　　刷　山东临沂新华印刷物流集团有限责任公司
规　　格　165毫米×235毫米　1/16
　　　　　12印张　15幅图　100千字
版　　次　2019年6月第1版
印　　次　2019年7月第2次印刷
书　　号　ISBN 978-7-5474-3133-7
定　　价　25.00元

如有印装质量问题，请与出版社总编室联系更换。

序　言

　　无论是中国的语文教学大纲、课程标准还是国外的语文教学大纲、课程标准，也无论是哪一时代的语文教学大纲、课程标准，都无一例外地将学习语文的目的确定为：培养学生的语言文字表达能力。相对于"人文性"这一概念，我们将这一点说成是语文的"工具性"。这么说没有问题——问题是我们对"工具性"的理解是不够的。在我们的感觉中，"工具性"似乎是一个与"人文性"在重要性上是有级别差异的概念。我们在说到"工具性"时往往都显得不那么理直气壮，越是强调这一点就越是觉得它是一个矮于"人文性"的观念，只是我们不得不说才说的。其实，这里的"工具性"至少是一个与"人文性"并驾齐驱的概念。离开语言文字，讨论任何问题几乎都是没有意义的。另外我们有没有注意到，语言文字根本上也是人文性的。难道不是吗？二十世纪哲学大转型，就是争吵乃至恶斗了数个世纪的哲学忽于一天早晨都安静下来面对一个共同的问题：语言问题。哲学终于发现，所有的问题都是通向语言的。不将语言搞定，我们探讨真理几乎就是无效的。于是语言哲学成为几乎全部的哲学。一个个词，一个个句子，不只是一个个词，一个个句子，它们是存在的状态，是存在的结构。海德格尔、萨特、加缪、维特根斯坦等，将全部的时间用在了语言和与语言相关的问题的探讨上。甚至一些作家也从哲学的角度思考语言的问题。比如米兰·昆德拉。他写小说的思路和方式很简单，就是琢磨一个个词，比如"轻"，比如"媚俗""不朽"等。他告诉我们，一部小说只需要琢磨一两个词就足够了，因为所有的词都是某种存在状态，甚至是存在的基本状态。

从前说语言使思想得以实现，现在我们发现，语言本身就是思想，或者说是思想的产物。语言与思维有关。语言与认知这个世界有关，而认知之后的表达同样需要语言。语言直接关乎我们认知世界的深度和表达的深刻。文字使一切认识得以落实，使思想流传、传承成为可能。

从这个意义上说，语言文字能力，是一个健全的人的基本能力。而语文就是用来帮助人形成并强化这个能力的。为什么说语文学科是一切学科的基础，道理就在于一个人无论从事何种职业，都必须以很好的语言文字能力作为前提。因为语言文字能力与认知能力有关。

但要学好语文，只依赖于语文教科书恐怕是难以做到的。

语文教科书只是学好语文的一部分，甚至说是很有限的一部分。语文教学是语文学习的引导，老师们通过分析课文，让学生懂得如何阅读和分析课文，如何掌握语言文字去对世界进行思考和如何用语言文字去表述这个世界。但几本语文教科书能够提供给学生的学习文本是十分有限的，仅凭这些文本，要达到理想的语文水平是根本不可能的。语文能力的形成和语文水平的提高，必须建立在广泛而深入的课外阅读上——语文教材以外的书籍阅读上。许多年前我就和语文老师们交谈过：如果一个语文老师以为一本语文教材就是语文教学的全部，那么，要让学生学好语文是不可能的。从讲语文课而言，语文老师也要阅读大量教材以外的书籍，因为攻克语文这座山头的力量并不是来自语文教科书本身，而是来自于其他山头——其他书籍，这些山头屯兵百万，只有调集这些山头的力量才能最终攻克语文这座山头。对学生而言，只有进行广泛而深入的课外阅读，才能深刻领会语文老师对语文教科书中的文本讲解，才能让语文教科书发挥应有的作用。

  人类历史数千年，写作作为一种精神活动的历史也已十分漫长，天下好文章绝不是语文教科书就能容纳下的。所以，我们只有以语文教科书为依托，尽可能地阅读课外的书籍。但问题来了：这世界上的书籍浩如烟海、满坑满谷，一个人是不可能将其统统阅读尽的，即便是倾其一生，也不可能；关键是这些书籍鱼龙混杂，不是每一本、每一篇都值得劳心劳力去阅读的。这就要由一些专门的读书人去为普通百姓去选书，而对于中小学生而言，就更需要让有读书经验的人，为他们选择书籍了，好让他们将宝贵的时间用在最值得阅读的书籍上。

对于小学生而言，自由阅读固然重要，但有指导的阅读同样重要，甚至说更加重要。《语文第二课堂》就是基于这样的理念而编写成的。参与这套书编写的有专家学者，有一线的著名语文老师，我们的心愿是完全一致的：尽可能地将最好的文本集中呈现给孩子们，然后精心指导他们对这些文本加以阅读。从某种意义上说，这套书是因教科书而设置的语文课堂的延续和扩展——语文的第二课堂。

曹文轩

2019年4月29日于北京大学

目 录

大声朗读童话诗

妈妈的礼物	徐 鲁	002
爸爸的海盗船	唐池子	006
科隆城里的小矮人	[德] 奥古斯特·柯皮斯	009
渔夫和金鱼的故事	[俄] 普希金	017
小人国	[英] 罗伯特·路易斯·斯蒂文森	031
乌鸦受骗	[法] 拉·封丹	036
天鹅、狗鱼和大虾	[俄] 克雷洛夫	041

童话的模样

月姑娘的亲事	叶圣陶	044
四季的风	严文井	048
你赔我的呼噜	冰 波	057
小耗子长途旅行记	爱斯基摩人民间故事	065

寄出你的爱

给我的孩子们	丰子恺	070
爸爸愿意哄着你长大	曹文轩	077
妈妈，姥姥替你陪着我呢	王馨漪	082
写给从未平凡的爸爸	孙雅欣	088
我有个秘密	覃大坨	095

享受幸福

窃读记　　　　　　　　　　林海音　100
提醒幸福　　　　　　　　　　毕淑敏　110
幸福人的衬衣　　　　　　　意大利童话　117

中国民间故事

狗耕田　　　　　　　　　　　一苇　124
鲁班将错就错　　　　　　　　佚名　132
爱吹牛的人　　　　　　　　　佚名　135

中国楷模

心灵的灯永远闪烁
　　——"人民作家"巴金　　　　　144

中华成语故事

天衣无缝　　　　　　　　　　　　150

别无长物　　　　　　　　　　　　153

古诗词积累——夏天的诗

纳　凉　　　　　　　[宋]秦　观　158
三衢道中　　　　　　[宋]曾　几　160
闲居初夏午睡起　　　[宋]杨万里　162
夏夜追凉　　　　　　[宋]杨万里　164
初　夏　　　　　　　[宋]朱淑真　166

和大人一起读

失落的一角　　[美]谢尔·希尔弗斯坦　170

 **大声朗读童话诗**

　　童话诗富有节奏和韵律，读起来朗朗上口，非常有趣。在这个章节，我们精心选择了七篇国内外著名作家创作的童话诗，这里有勤劳的小矮人，有能帮助人实现愿望的小金鱼，还有被狐狸骗了的乌鸦，读完这些之后想一想，童话诗里有哪些人生的道理呢?

你知道吗?我们每个人的妈妈,在我们刚出生时,就把最珍贵的礼物送给我们了。它比世界上的任何礼物都要独特,它是什么呢?

妈妈的礼物

徐 鲁

雪花像一群群白蝴蝶,轻轻地从天边飞来。

新年的钟声就要响了,圣诞老人的马车已停在门外。

啊,这是新年来临前的最后一个夜晚,

苹果和烤鹅的香味儿,已经飘满每一条大街。

橘黄色的灯光,照耀着所有温暖的家。

孩子们都在想象着,

今年,圣诞老人的礼物,

会是包着锡纸的糖果,还是一束蓝色的发带?

唉,艰辛的人们有许多心事,

那些富有的人永远无法理解。

就像沉浸在欢乐中的人们，有时候会忘记他人的悲哀。

今夜，有一只可爱的小蜈蚣，

就遇到了一件伤心的事情，

所以他怎么也不能使自己

像别的小孩儿那样感到欢快。

不是他想要的礼物太过贵重，

也不是担心圣诞老人，会不会忘记他的存在。

不，他想要的礼物非常普通，

他多么希望在新年的早晨，自己也能穿上漂亮的新鞋。

夜很深了，温柔的雪花，轻轻把大地和屋顶覆盖。

小小的蜈蚣，怀着满腔委屈睡着了，

光光的小脚丫，排了长长的一大排。

唉，是谁最懂得孩子的心？

是谁还在这深夜的灯光下，一针针一线线，又剪又裁？

啊，那是辛劳的蜈蚣妈妈，

正为自己的孩子赶制新鞋。

……98只，99只，100只，

妈妈悄悄做了整整一个冬天，

手上的血花像宝石花在盛开。

妈妈想：明天早晨，当新年的太阳升起的时候，

每个小孩子，都会得到一份礼物。

而我的宝贝小蜈蚣得到的礼物，就是妈妈的一片爱。

 牵手阅读

礼物的价值不在于多么昂贵、多么精美，而在于送礼物的人的心意。妈妈的礼物不是世俗意义上的礼物，而是充满爱意、充满温暖的。小朋友们请好好回忆一下，妈妈都送过你哪些礼物呀？你最喜欢哪个礼物呢？

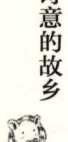

导读

对小孩子来说，爸爸无疑是他们心目中的"巨人"，大手大脚大呼噜，可以一把将自己举过头顶。我们来看看下面这首诗中，当爸爸睡着后这个小孩子是如何捉弄自己爸爸的？最后又是怎么被爸爸抓住的呢？

爸爸的海盗船

唐池子

睡着的爸爸像艘船，

呼噜，呼噜，

船上的歌声像海浪。

我悄悄走近，

仔细看看，

果然发现一艘大船。

头是方向盘，

胸膛是船舱，

如果两脚竖起来，

正好当桅杆。

不好，没有帆布，

赶快拿件白衬衫，

挂在卧倒的桅杆上。

大船好像快靠岸，

船侧两个大皮鞋，

也像打瞌睡的黑螃蟹。

不行，不行，

醒醒，黑螃蟹！

爬一个到船那边去！

黑螃蟹慢吞吞地爬，

啊哈，它不知道，

自己爬过去，

就变成了大船的黑翅膀。

我得意扬扬登上我的船，

插根羽毛在头上，

准备做个印第安人的大船长。

可是，刚刚掏出寻宝图，

突然身后伸出两只大铁臂,
把我紧紧钳住。
我想反抗,
却无法动弹。
有人恶声恶气地把我审问:
"哪里来的坏海盗?"
我吓得不轻,哇哇大叫,
"爸爸,不要把我扔进大海!
我可不是坏海盗,
我就是你的——调皮蛋!"

牵手阅读

  小孩子的可爱小世界,是一个迷你的小人国,也是天生的一个童话王国。在爸爸身上爬来爬去就如同探险一般,那么亲切,那么美好,熟悉温暖的气息是爸爸的味道。小朋友,当爸爸睡着后,你是不是也有过在爸爸身上调皮捣蛋的经历呀?

导读

你知道吗？科隆城里有一群小矮人，他们每天都趁人们睡着的时候出来干活，为人们解决各种各样的工作。人们感到很奇怪，为什么工作总是在睡着的时候就被做好了呢？

科隆城里的小矮人

［德］奥古斯特·柯皮斯

啊，很久很久以前，
科隆城里的日子多么舒适、多么悠闲！
只要你想偷一点儿懒，
无论坐在椅子上，还是躺在地上，
随时随地就可以闭上双眼，快活得像个神仙。

每当夜晚降临的时候，
一群小矮人，就会聚集起来，

点亮他们小小的灯盏。
他们又是跳跃又是奔跑,
有的专心干活儿,有的开心地寒暄。
拉呀扯呀,擦呀洗呀,
那些懒惰的人还在呼呼大睡的时候,
小矮人们一天的工作都已全部做完。

你看,木匠师傅躺在木梯边睡得正香,
小矮人们都悄悄地来到了他的小木房。
凿子、斧头、锤子、锯子,
全都派上了用场。
有的小矮人还当起了小小的泥瓦匠。
凿呀刨呀,刷呀砍呀,
小矮人们用老鹰一样锐利的目光,
测量出一块块木料的厚薄和短长,
然后牢牢地安装在最合适的地方……
一觉醒来,木匠师傅惊奇地发现,
咦,小木房不仅已经完工啦,
而且每道墙壁都是这么漂亮!

你看，面包师傅也躺在那里不慌不忙。

小矮人们在忙活着拖面粉呀，

懒惰的伙计却躺在那里，

优哉游哉地遨游梦乡。

嗨哟嗨哟拖面粉呀，

吭哧吭哧揉面团呀，

一二三四抬起来呀，

瞅准火候推进炉膛。

炉子里的木柴噼啪作响，

金黄色的面包香气飘荡。

嘿，伙计们还在那里鼾声隆隆，

烤好的面包已经摆满了面包房！

再看我们的肉铺师傅，

嘿，他那里一样是热火朝天！

伙计们还躺在那里呼呼大睡，

小矮人们却一个个忙得正欢。

剁呀切呀，搅呀拌呀，

动作是那么麻利，

好像风车转动一般。
削呀穿呀，洗呀灌呀，
肥肥的灌肠，
做了一串又一串……
等到伙计们睁开了睡眼，
哇，香肠已经挂满了店铺门面！

酿酒师傅那里也是一样，
酒窖里弥漫着浓浓的酒香。
师傅守着酒桶喝得烂醉，
小矮人们悄悄来到他的身旁。
先用硫黄给所有的酒桶杀了菌，
再用绞车和木块，
把一个个酒桶安放停当。
滚呀抬呀，拉呀拽呀，
大酒桶摆成了一排排，
葡萄酒装满了一缸缸。
酿酒师傅还没睡醒呢，
酒窖里已经变了模样！

还有从前的那个裁缝师傅,
曾经碰到一个好大的难题:
市长明天就需要一件新的礼服。
他却把衣料扔在一边,
睡得那么安逸、那么甜蜜!
幸好小矮人们动作麻利,
裁呀剪呀,缝呀绣呀,
镶上花边,缝上扣子,
试穿一次,再试一次,
拉开皮尺,抄起剪子……
嘿!我们的小裁缝还没睡醒,
市长定做的新礼服已经完工!

这件事让裁缝的妻子觉得稀奇,
她想呀想呀想出了一个妙主意:
到了夜晚,
她把圆圆的豌豆撒了一地,
然后,就一心一意等待着看一场好戏。

果然，一个个小矮人滑倒在地上，
房子里不断地发出了一阵阵声响。
有的从楼梯上滚到了客厅，
好像笨重的酒桶一样！
吵呀闹呀，叫呀喊呀，
都怪那些小小的豌豆，
让小矮人们头一次变得这么惊慌！
这时候，裁缝的妻子闻声跑来，
手里举着小小的灯光。
逃呀闪呀，滚呀爬呀，
还没等裁缝的妻子看个明白，
所有的小矮人都失去了踪影，
只剩下了一片夜色茫茫……

就是这样，
科隆城的人们
再也不能像以前那样清闲，
所有的事情，从此都必须自己动手来干！
每个人都开始依靠自己的双手来劳动，

幸福的日子要依靠自己的双手来创建。

做木匠的，

就自己刮呀刨呀；

做面包的，

就自己背呀扛呀；

会酿酒的，

就自己推呀滚呀；

当裁缝的，

就自己裁呀缝呀；

开肉铺的，

就自己搬呀运呀；

做家务的，

就自己擦呀扫呀；

唉！想起从前的那些日子，

多么让人留恋！

唉！过去的美好时光，

还有科隆城的那些小矮人儿，

多么让人怀念！

（曾璇 译　徐鲁 改写）

牵手阅读

　　科隆城应该是所有懒惰人的天堂了。在这里，人们不用干活，只要他们坠入梦乡，到了夜里小矮人们就会出动。但这种不劳而获的日子注定不能长远，当小矮人们不在了，每个人都要开始依靠自己的双手来劳动。因为，幸福的日子要依靠自己的双手才能创建啊！大家讨论一下，小矮人们为什么要夜里出来干活呢？为什么被发现后他们就不见了呢？

> **导读**
>
> 从前有一只金鱼,它可以实现人的任何愿望,无论你是想要金银财宝还是无上的权势,它都可以给你。有一天,它被渔夫捕到,没想到渔夫放了它,却什么也不要……

渔夫和金鱼的故事

[俄]普希金

从前有个老头儿和他的老太婆,

住在蓝色的大海边;

他们住在一所破旧的泥棚里,

整整有三十又三年。

老头儿撒网打鱼,

老太婆纺纱结线。

有一次老头儿向大海撒下渔网,

拖上来的只是些水藻。

接着他又撒了一网,

拖上来的是一些海草。

第三次撒下渔网却网到一条鱼儿，

不是一条平常的鱼——是条金鱼。

金鱼竟苦苦求起来！

她跟人一样开口讲：

"放了我吧，老爷爷。把我放回海里去吧，

我给你贵重的报酬。

为了赎身，你要什么我都依。"

老头儿吃了一惊，心里有点害怕：

他打鱼打了三十三年，

从来没有听说过鱼会讲话。

他把金鱼放回大海，

还对她说了几句亲切的话：

"金鱼，

我不要你的报酬。

你游到蓝蓝的大海去吧，

在那里自由自在地游吧。"

老头儿回到老太婆跟前，

告诉她这桩天大的奇事。

"今天我网到一条鱼,

不是平常的鱼,是条金鱼,

这条金鱼会跟我们人一样讲话。

她求我把她放回蓝蓝的大海,

愿用最值钱的东西来赎她自己,

为了赎得自由,我要什么她都依。

我不敢要她的报酬,

就这样把她放回了蓝蓝的海里。"

老太婆指着老头儿就骂:

"你这傻瓜,真是个老糊涂!

不敢拿金鱼的报酬!

哪怕要只木盆也好,

我们那只已经破得不成样啦。"

于是,老头儿走向蓝色的大海,

看到大海微微地起着波澜,

老头儿就对金鱼叫唤。

金鱼向他游过来问道:

"你要什么呀,老爷爷?"

老头儿向她行个礼回答:

"行行好吧,鱼娘娘,

我的老太婆把我大骂一顿,

不让我这老头儿安宁。

她要一只新的木盆,

我们那只已经破得不能再用。"

金鱼回答说:

"别难受,去吧,

你们马上会有一只新木盆。"

老头儿回到老太婆那儿,

老太婆果然有了一只新木盆。

老太婆却骂得更厉害:

"你这傻瓜,真是个老糊涂!

真是个老笨蛋,你只要了只木盆。

木盆能值几个钱?

滚回去,老笨蛋,再到金鱼那儿去,

对她行个礼,向她要座木房子。"

于是，老头儿又走向蓝色的大海，

（蔚蓝的大海翻动起来）

老头儿就对金鱼叫唤。

金鱼向他游过来问道：

"你要什么呀，老爷爷？"

老头儿向她行个礼回答：

"行行好吧，鱼娘娘！

老太婆把我骂得更厉害，

她不让我老头儿安宁，

唠叨不休的老婆娘要座木房。"

金鱼回答说：

"别难受，去吧，

就这样吧，你们就会有一座木房。"

老头儿走向自己的泥棚，

泥棚已经变得无影无踪。

他前面是座有敞亮房间的木房，

有砖砌的白色烟囱，

还有橡木板的大门。

老太婆坐在窗口下,
指着丈夫破口大骂:
"你这傻瓜,十十足足的老糊涂!
你只要了座木房!
快滚,去向金鱼行个礼,
我不愿再做低贱的庄稼婆,
我要做世袭的贵妇人。"

老头儿走向蓝色的大海,
(蔚蓝的大海躁动起来)
他又对金鱼叫唤。
金鱼向他游过来问道:
"你要什么呀,老爷爷?"
老头儿向她行个礼回答:
"行行好吧,鱼娘娘!
老太婆的脾气发得更大,
她不让我老头儿安宁。
她已经不愿意做庄稼婆,
她要做个世袭的贵妇人。"

金鱼回答说：

"别难受，去吧。"

老头儿回到老太婆那儿。

他看到什么呀？一座高大的楼房。

他的老太婆站在台阶上，

穿着名贵的黑貂皮坎肩，

头上戴着锦绣的头饰，

脖子上围满珍珠，

两手戴着嵌宝石的金戒指，

脚上穿了双红皮靴子。

勤劳的奴仆们在她面前站着，

她鞭打他们，揪他们的额发。

老头儿对他的老太婆说：

"您好，高贵的夫人！

想来，这回您的心总该满足了吧。"

老太婆对他大声呵斥，

派他到马棚里去干活。

过了一星期，又过一星期，

老太婆胡闹得更厉害,

她又打发老头到金鱼那儿去:

"给我滚,去对金鱼行个礼,

说我不愿再做贵妇人,

我要做自由自在的女皇。"

老头儿吓了一跳,恳求说:

"怎么啦,婆娘,你吃了疯药?

你连走路、说话也不像样!

你会惹得全国人笑话。"

老太婆愈加冒火,

她刮了丈夫一记耳光。

"乡巴佬,你敢跟我顶嘴,

跟我这世袭贵妇人争吵?

快滚到海边去,老实对你说,

你不去,也得押你去。"

老头儿走向海边,

(蔚蓝的大海变得阴沉昏暗)

他又对金鱼叫唤。

金鱼向他游过来问道:

"你要什么呀,老爷爷?"

老头儿向她行个礼回答:

"行行好吧,鱼娘娘,

我的老太婆又在大吵大嚷,

她不愿再做贵妇人,

她要做自由自在的女皇。"

金鱼回答说:

"别难受,去吧。

好吧,老太婆就会做上女皇!"

老头儿回到老太婆那里。

怎么?他面前竟是皇家的宫殿。

他的老太婆当上了女皇,

正坐在桌边用膳,

大臣贵族侍候她,

给她斟上外国运来的美酒,

她吃着花式的糕点,

周围站着威风凛凛的卫士,

肩上都扛着锋利的斧钺。
老头儿一看——吓了一跳！
连忙对老太婆行礼叩头，
说道："您好，威严的女皇！
好啦，这回您的心总该满足了吧。"
老太婆瞧都不瞧他一眼，
下令把他赶跑。
大臣贵族一齐奔过来，
抓住老头的脖子往外推。
到了门口，卫士们赶来，
差点用利斧把老头砍倒。
人们都嘲笑他：
"老糊涂，真是活该！
这是给你点儿教训，
往后你得安守本分！"

过了一星期，又过一星期，
老太婆胡闹得更加不像话。
她派了朝臣去找她的丈夫，

他们找到了老头把他押来。
老太婆对老头儿说:
"滚回去,去对金鱼行个礼。
我不愿再做自由自在的女皇,
我要做海上的女霸王,
让我生活在海洋上,
叫金鱼来侍候我,
听我随便使唤。"

老头儿不敢顶嘴,也不敢开口违拗。
于是他跑到蔚蓝色的海边,
看到海上起了昏暗的风暴,
怒涛汹涌澎湃,
不住地奔腾、喧嚷、怒吼。
老头儿对金鱼叫唤。
金鱼向他游过来问道:
"你要什么呀,老爷爷?"
老头儿对她行个礼回答:
"行行好吧,鱼娘娘!

我把这该死的老太婆怎么办？

她已经不愿再做女皇了，

她要做海上的女霸王，

这样，她好生活在汪洋大海，

叫你亲自去侍候她，

听她随便使唤。"

金鱼一句话也不说，

只是尾巴在水里一划，

游到深深的大海里去了。

老头儿在海边久久地等待回答，

可是没有等到，

他只得回去见老太婆——

一看：他前面依旧是那间破泥棚，

她的老太婆坐在门槛上，

她前面还是那只破木盆。

（梦海　冯春　译）

牵手阅读

普希金,俄罗斯著名文学家、诗人、小说家,被誉为"俄罗斯文学之父",代表作有《上尉的女儿》《黑桃皇后》等。这首童话诗是普希金的经典之作。故事从一个贫苦善良的渔夫开始,他出于善心放了金鱼,却被贪心的老太婆一次又一次地要求向金鱼索取更多的东西。"人心不足蛇吞象",人一旦贪心,就会招致恶果;知足常乐,才更容易获得幸福。大家想一下,为什么金鱼最后让一切都恢复原样了呢?这个故事想表达什么呢?

> **导读**
>
> 有时候会想,如果我们的身体变得很小很小,这个世界在我们眼中会变成什么样呢?会不会有吃不完的蛋糕和冰激凌?但变小后的世界,可远远不止这些哦。

小人国

[英]罗伯特·路易斯·斯蒂文森

我独个儿坐在家里

感到非常烦腻,

我只好闭上眼睛

到天上去扬帆航行——

航行到遥远遥远的地方:

到那快乐的游戏之乡,

到那遥远的仙境乐土,

那儿有小人国的居民居住,

那儿有三叶草成了大树。

一片片草叶像是小船队，

短途航行来来又回回。

就在那棵雏菊的上空，

穿越草丛，

高高地飞过了一群大黄蜂，

嘤嘤嗡嗡。

在那林子里我可以行走，

可以徘徊，可以漫游，

可以看到苍蝇和蜘蛛，

看到蚂蚁一步步走路——

背着包裹，抬起腿脚，

爬过草地，绿色的街道。

我可以坐在酢浆草上，

那是瓢虫飞落的地方。

我可以登上一连片的草场，

可以看见

一群燕子在高空飞翔，

飞过蓝天，

圆圆的太阳在滚动不息，

不注意像我这样的小东西。

我可以穿越那座森林,
直到像透过一片明镜,
我看到嗡嗡的苍蝇和雏菊,
还有我这小小的自己,
线条清晰,形象明朗,
画进了我脚下雨水的池塘。
要是有一片小树叶掉下来,
在水里漂移,直向我漂来,
我会立刻登上那小舟,
绕着雨塘的大海去漂流。

沉入思考的小小生灵,
坐在绿草茸茸的海滨。
小生灵睁开可爱的眼睛,
带着惊奇观看我航行。
有的穿着绿色的铠甲——
(准是在战场上经历过厮杀!)

有的打扮得花花绿绿,

黑红金蓝,斑驳有趣;

有的拍拍翅膀飞得好快;

可他们全都显得那么和蔼。

等我的眼睛重新睁开,

我看到一切都已清楚明白:

广阔的地板,高大的粉墙,

巨型的把手在抽屉和门上。

大人们巨人般在椅子上坐着,

一针一线补破衣,缝横褶,

(褶子都是山,我能去登攀。)

一面瞎聊天,废话说不完——

哎,我的天!我的志愿

是到雨塘大海里去航行,

是朝着三叶草尖去攀登,

一直玩到夜里才回家,

困得不行,直往床上趴。

（屠岸　方谷绣 译）

牵手阅读

诗歌从"小人"的视角向我们展现了"小人国"的风景,别具一格。诗中对每一个小生灵都加以细细描绘,自然的美需要我们如小人一样身临其境才能感受得到,可见诗人对自然的喜爱与敬畏。请大家发挥想象力,变小后的水洼是什么样子的呢?小人国里还有哪些美景呢?

导读

在《乌鸦喝水》的故事里,乌鸦非常聪明地用石头喝到了瓶子里的水,可是在下面这个故事里,乌鸦却被狡猾的狐狸骗了,这是怎么一回事呢?

乌鸦受骗

[法]拉·封丹

乌鸦衔了一块奶饼,

站在树上非常得意。

狐狸闻到香味,

立刻跑来用计。

"啊!您早!乌鸦先生!

您太漂亮啦!

在我看来,

美到绝顶!

美到绝顶！
要是您的嗓子，
也像您那乌绒袍子，
您就是森林里的孔雀，
您就是森林里的王子！"

乌鸦一听失了魂，
两脚几乎站不稳。
狐狸几句马屁话，
说得他全身骨头轻！

为了证明嗓子好，
张开大嘴哇哇叫。
大嘴一张奶饼落，
狐狸接了哈哈笑。

狐狸笑着说：
"我的好大爷，
切切记在心。

天下马屁鬼,

靠谁来活命?

就靠傻瓜们,

偏偏肯相信!

你损失一块奶饼,

但是得到一个教训。

这个教训那样宝贵,

花一块奶饼并不吃亏!"

乌鸦又是害臊又是慌乱,

只想找个树洞往里一钻。

他发誓不再中狐狸诡计,

但是太晚了,

狐狸已经快把奶饼吃完。

(倪海曙 译)

牵手阅读

　　这个寓言故事表现了狐狸狡猾、乌鸦虚荣的特点。狐狸的几句吹捧就让乌鸦飘飘然起来，结果中了狐狸的诡计。狐狸的话也不失为一种教训，点出了寓言的主题：无缘无故的吹捧往往心怀恶意，需要小心警惕。另外，对自己的能力有着清醒的认识，也是很重要的。如果乌鸦能认识到自己的缺点，就不会因为狐狸的几句夸赞而受骗。所以，乌鸦受骗应该怪谁呢？这次教训值得吗？

导读

我们生活中常常要与其他人合作做一件事情，这样可以快速把艰难的任务完成。可是有一天，天鹅、狗鱼和大虾一起拉车，车却怎么也不动，这是为什么呢？

天鹅、狗鱼和大虾

［俄］克雷洛夫

一个集体如果不能协作，
办事情绝不会有好的效果，
不仅搞不成功，
还会受尽折磨。

狗鱼、大虾和天鹅
有一次同拉一辆载货大车。
尽管大家都使出了全力，
却怎么也拉不动那辆车！

车上的货对它们来讲

看来并不算重，

但天鹅往云端飞，

大虾往后面爬，

狗鱼则把车往水里拖。

它们谁是谁非不用评说，

反正是大车

至今还在原地没有挪窝。

（裴家勤　译）

牵手阅读

这个故事告诉我们合作才能共赢，如果一个团队各干各的，那只能是徒劳无功。此外，这首诗的翻译也很生动，读起来朗朗上口，别有趣味。大家开动脑筋想一想，它们如果想要拉动车，需要如何合作呢？你在生活中有类似的经验吗？

童话的模样

你知道吗？很久以前，四季的风和现在的风是不一样的，那时冬天还没有雪，也没有那么冷；月姑娘也还没有嫁人，她在找最有用的人做她的丈夫；国王竟然因为打呼噜被王后嫌弃差点离婚；还有一只小耗子，他完成了自己人生中最重要的一次旅行……听起来真的很有趣！你知道后来发生什么了吗？别着急，让我们一起，去感受童话的模样吧！

> **导读**
>
> 你知道吗？月姑娘要挑选丈夫了！她要挑选一个最有用、最有力量的丈夫，可是她瞧不上呆呆的太阳，她会选择谁呢？

月姑娘的亲事

叶圣陶

据说，曾经有过这样的事儿。

月姑娘要挑选一个最有用的丈夫。人家猜想，她会选中太阳吧？可是她嫌太阳太懦弱无用了，每天呆呆地站在天空中，什么事儿也不干，她不愿意有那样的丈夫。

月姑娘听说世界上最有用的是电。他能够变成光，像太阳一样照耀；他能够变成热，像木柴、煤炭一样煮东西；他能够变成力量，像牛和马一样拉车，像人一样做工。电才是她所期望的丈夫。她请专替人做媒的月下老人到电那里去，问电要不要娶她做妻子。

月下老人非常高兴地跑去，他以为月姑娘那样漂亮，她的婚事一定一说就成功。他找到了电，眯着老花眼说："恭喜你，你的运气来了！那位月姑娘——世界上最美丽的一位——爱上你了！她叫我来替她做媒，可不是你的运气来了？"

电觉得很奇怪，他问："你可知道她为什么爱上了我？"

月下老人说："她说你是世界上最有用的一个，能够做一切伟大的工作。她说只有你才配做她的丈夫。"

电摇头说："她要嫁给世界上最有用的一个，我就不配做她的丈夫了。她说我有用，那没有错，可是我还得靠着煤。我的老家是发电机，一定要等燃烧着的煤给了我力量，我才能够跑出来做各种各样的工作。这样看来，煤比我更有用，请月姑娘嫁给煤吧。如果嫁给了我，她将来会失望的。我怕她将来失望，只好辜负她的好意了。"

月下老人觉得电的话很有道理，就去回复月姑娘，说这桩亲事没说成。月姑娘听说煤比电更有用，就请月下老人到煤那儿去，替她说亲。

月下老人找到了煤，又眯着老花眼说："煤先生，月姑娘听说你是世界上最有用的一个,能够把力量给电先生,使他做一切伟大的工作,因此她爱上了你,特地叫我来替她做媒。"

煤没料到会有这样的事儿,很惭愧地说:"月姑娘的好意,我十分感激。只是我年纪老了,加上隐居在地底下几千万年,弄得浑身黢黑,万万配不上那样漂亮的月姑娘,请您替我婉言谢绝了吧。您果真要替月姑娘做媒,我看还是把植物先生介绍给她吧。植物先生是我的本家,年纪可比我轻多了。"

月姑娘又请月下老人去找植物。植物听月下老人说明了来意,也不敢答应。他埋怨说:"煤把我介绍给月姑娘,真是老糊涂了。月姑娘要挑选的是世界上最有用的一个,我虽然有用,哪儿说得上最有用呢?世界上最有用的是太阳先生。就说我吧,我所有的力量都是他给的;要是没有他,我就不能摄取泥土里和空气中的养料,做成我的血和肉。请老先生您告诉月姑娘吧:太阳是世界上一切力量的泉源,是世界上最有用的一个。要是没有太阳,也就不会有植物,不会有煤,不会有电了。"

月姑娘听了月下老人的回复,很是发愁。

月下老人安慰她说:"好姑娘,不用烦恼。太阳既然是世界上最有用的一个,你就嫁给他吧。看他呆呆地站在天空中,好像什么事儿也不干,实际上他做的却比谁都多呢。你还犹豫什么呢?我到太阳那儿去了,这一回保你一说就成功。"

月姑娘望着月下老人渐渐远去的背影,一声不响,她默默地同意了月下老人的建议。

牵手阅读

叶圣陶,现代著名作家、教育家,著有《稻草人》《小白船》等。这篇童话借用月下老人的话,把自然界中的能量转化过程展现在读者面前,可以说是一篇科普童话。看起来最有用的电、煤、植物,它们的力量最终都来自默默无闻的太阳。请大家想一想,生活中是不是也有像太阳一样默默无闻、辛苦付出的人呢?他们都在做着哪些有用的工作呢?

> **导读**
>
> 我们知道一年四季的风都不太一样,特别是冬天,风变得刺骨地寒冷,天上还会下雪。可是在很久以前,风不是这样的,这就要从一个苦孩子的故事开始说起了。

四季的风

严文井

很久很久以前,有一个苦孩子。当他很小的时候,就没有了爸爸和妈妈。他常常是很寂寞的,他一个人住在荒野里的一个小茅屋里,没有人同他玩,也没有人同他谈话。只有一个奇怪的朋友和他要好,那就是风。风很喜欢他,无论怎么样,只要风经过小茅屋的时候,总要溜进来同他说几句话,玩一玩,而且送给他一点食物。因此,苦孩子才能独自一人在荒野的小茅屋里活下来。

春天,苦孩子病了,躺在小木床上十几天不能起来。一天，风来了，知道他生病了，风就坐在床边陪着他，一边轻轻地同他谈话，一边轻轻地抚摸他的头发。风是很欢喜旅行的，这次风刚从一个很远的地方旅行回来，就把自己在路上所看到的种种奇奇怪怪的事情讲给苦孩子听，随后还告诉他春天来了的消息。

苦孩子说："是吗？我记得春天的野外是很好玩的。我真想出去玩玩。这屋子太黑，一点也不好玩。"

风说："你想出去玩玩是很好的，不过你是在害病，走不动呵！"

苦孩子很忧愁地点点头说："对，我是走不动，我两条腿太没有力气了，要不我早就跑出去玩儿了。"他又问风："你看见花开了没有？"

"看见了，开了很多。我也听见了各种各样小鸟的歌唱。"

苦孩子小声说:"我也想听听小鸟的歌唱。我特别欢喜在草地上听黄鸟的歌唱。但是我不能出去……"说到这里,苦孩子想哭了。风就安慰他说:"好孩子,不要难受!我可以替你想办法,让你在屋里也一样可以享受春天的快乐。"

于是,风转身就出去了。一会儿,风回来了。他带来了苦孩子心里所想念的各种东西。他带来了各种花的香味,青草的气味,以及各种小鸟歌唱的声音。

苦孩子说:"的确,春天来了。"

他就微笑着睡去了。

苦孩子睡着以后,风才悄悄地飞出了小茅屋。

夏天到了,苦孩子的病还没有好。有一天,风又来看他。

苦孩子问:"外边好玩吧?"

风回答说:"很好玩,外边很热闹,夏天到了。"

"你怎么知道呢?"

"我看见一些水果已经成熟了,所以知道夏天到了。"

听见说水果,苦孩子就说:"好朋友,给我弄一个水果来吧！如果我现在吃下一个水果，我的病就会好了。"

风说："不要着急，不要着急，我替你去找一个。"

"快点回来呵！现在我真想吃水果，想极了。"

"我一定很快回来。"

于是风转身就出去了。

风飞到了一个果园里。那里有一个人看守着。风刚从树上摇下个水果来，那看守人就过来把它拾起来了。风不能从他手里抢下那个水果，只好飞到另外一个果园想办法去。

另外一个果园也是一样有人看守着，风没有从那里弄到一个水果。风一连到了好几个果园。那些果园都同样地有人看守着。风什么也没有弄到。

风心里很着急，因为他已经出来了这么久，怕苦孩子的病变厉害了。最后他在一个山坡上向一棵野杏树要到了一个又小又酸的杏子。

风飞到小茅屋里，苦孩子已经昏昏迷迷地睡着了。风轻轻地摇醒他，把杏子交给他。他睁开眼看看

杏子，摇摇头又闭上了眼睛。因为时候太晚，他的病已经加重，他什么都吃不下了。

风觉得很难过。要是他能早一点弄到一个水果就可以使苦孩子愉快，甚至可以使他的病好起来，但是现在已经太晚了。他非常替苦孩子伤心，飞出茅屋的时候，他哭了起来。

秋天到了，苦孩子的病又沉重了些。有一天风又来看他。

苦孩子对风叹气说："好朋友，我已经躺了这么久了，我真想出去玩玩。"

风说："是呵，但是你的腿没有力气怎么办呢？"

苦孩子不说话就哭了。的确，他是太没有力气了，他坐都坐不起来，怎么能起来出去玩呢？

风小声哄着他说："不要哭，不要哭，我们在屋里也一样可以玩。你看，你看我跳一个回旋舞吧。"

于是风就在小茅屋内旋转着舞蹈起来。

门外有几片小红叶，看见这情形也说："我们也一起来跳吧。"

于是他们跳进屋来，也和风在一起旋转着舞蹈起来。风一边跳舞,还一边"嘘——嘘——"地尖声唱着。苦孩子心里快活了些,就轻轻地拍着掌替他们打拍子。一直到疲乏极了,他才垂下手睡着了。风就悄悄地离开了小茅屋。

冬天到了,苦孩子的病更加沉重了。有一天,风又来看他。

苦孩子没有木炭烧,没有棉衣穿,冻得非常厉害。风来的时候,他已经冻得快说不出话来了,他只能发着抖简单地告诉风说:"我冷。"

风完全懂得了这情形,就说:"我马上替你想办法去。勇敢一些!只要你能坚持一会儿,再坚持一会儿,我会很快回来的。"

于是风就转身出去了。他去拜访一个阔气的人家。那阔气人家的屋子里有一个大火炉,火炉周围坐了好几个大胖子。火炉里的火是那样旺,烤得那几个大胖子脸上都在流汗了。风很有礼貌地对他们说:"先生们,请你们做一点好事,给我一点木炭吧,有一个害病的苦孩子现在冻得很厉害,冻得都几乎要死了。"

一个胖子站起身大声吼叫说:"什么害病的苦孩子!我们不认得他,他冻死了同我们有什么关系!"

于是他们把风赶出去,把窗子关上了。

风一连拜访了几个阔气的人家。结果,他们都以同样的回答把风赶了出来。

最后,风从一所大楼房里被赶出时,在院子外遇见了一个小使女。那使女对他说:"你刚才对我主人说的话我都听见了。我知道有这样的一个苦孩子,虽然我不认得他,没有见过他,但他不应该冻死,让我想点办法来帮助他吧。"

她想了一会儿,就从自己身上仅有的那件破棉袄里扯出了一些棉花交给风。她说:"这点棉花总可以给他一点温暖,希望他快些好起来吧!"

风摸摸她的头发说:"你真是一个好女孩,谢谢你!"

风带着棉花飞到小茅屋里,但是已经太晚了。苦孩子已经永远地睡着了,再也不会醒来过这样寂寞和痛苦的日子了。风把棉花盖在他身上,然后吻了他一阵。风慢慢地哭了起来。

风坐在他的可怜的朋友身旁哭了好久，后来他突然站起身，暴怒地喊叫道；"你们这些人太没有同情心了！我发誓一定要你们都尝尝苦孩子所受的冰冷的滋味！"

于是他大声吼叫着飞出了小茅屋，大声吼叫着带着刺骨的寒气向四方吹去。

现在，我们就懂得四季的风为什么有些不同了：那就是因为世界上曾经有过一个苦孩子的缘故。春天的风带来花的香味同小鸟的歌唱，使我们觉得愉快，那是因为风在想使苦孩子变得愉快；夏天的风总是带来雨水，那是风在哭，哭苦孩子的不幸，没有吃着他弄来的野杏；到秋天，我们见到风常常和落叶在一起旋舞着，而且尖声地歌唱着；冬天，我们就见到风是狂暴的，他愤怒地吹呀，吹呀，要把这个世界上所有的罪恶都扫荡得干干净净。我们还可以看见那个小使女的棉花在风里飘滚，但是那棉花没有什么人可以用它来做一件棉衣，我们把那棉花叫作"雪"。

牵手阅读

　　这是一篇构思极为精巧的故事，情节环环相扣，引人入胜，让我们不禁好奇苦孩子的最终命运是什么。外面世界的精彩与苦孩子的孤独凄苦形成了强烈的对比。由于人们对苦难的冷漠，风在冬天带来了刺骨的寒冷，而唯一包含善意的棉花则成了飘在空中的雪花。作者用一种温情与批判交融的手法，把四季的风的变化、雪花的由来，化成了充满诗意的表达，令人感动。大家想一想，为什么富人不愿意帮助苦孩子，贫苦的使女却愿意帮助呢？他们之间最大的差别在哪里呢？

> **导读**
>
> 有一个国王,他的呼噜声非常难听,以至于王后要跟他离婚。正巧王国里有一位非常厉害的医生,于是我们的国王找到了医生,要求他治好自己的呼噜声。

你赔我的呼噜

冰 波

凡尔医生是最伟大的医生,从头发开始到脚指甲,人身上的任何部位发生病变,他全能手到病除。甚至连蚯蚓的骨折、青蛙的牙痛、海蜇的胃溃疡,凡尔医生也都不在话下。

有一天,凡尔医生突然被国王秘密地召去了。一路上,凡尔医生老在嘀咕:我预感到,要发生糟糕的事了。

凡尔医生进了国王的密室。

国王威严地坐着,久久地望着凡尔医生一言不发，使他感到了一阵阵紧张，头皮直发麻。

"我遇到了灾难……"国王终于开口说话了，声音里充满了委屈，眼圈红了起来。

国王还会有这副可怜相？凡尔医生吃惊得头发都竖起来了。

"王后要和我离婚了……"国王的泪水在眼眶里打转。

凡尔医生脑袋里轰的一响。这，怎么可能？王后要和国王离婚？对尊贵的、至高无上的国王来说，这是闻所未闻的丑闻啊！

"为……为什么？"凡尔医生问。

"唉，"国王叹了口气，"一下子也说不清，你先听一段录音吧。"

国王打开了录音机。喇叭里，传出了奇怪的声音：一声声又尖又响的呼啸，时而高，时而低，听起来又凄厉又悲惨，极其像猪在被杀时发出的惨叫……

天啊，凡尔医生想，多么可怕的声音，令人毛骨悚然。

"这猪叫真可怕！"凡尔医生谈感想。

"不，不是猪叫，"国王悲伤地摇摇头，"这是我睡觉时打呼噜的声音，王后就是为这个要和我离婚，她说她不能和猪在一起生活……"

国王的眼圈又红了："可我是国王啊，不是猪。叫你来，就是要你治好我的呼噜。治好了，王后就不会和我离婚了，求求你！"

凡尔医生想：我什么病都治过，就是没治过打呼噜。可是，国王这么眼泪汪汪的，我怎么好意思拒绝呢？

"我试试。"凡尔医生硬着头皮答应了。

于是，凡尔医生开始着手研究。他绞尽脑汁，夜以继日地研究，终于有了眉目。他选用了一百多种稀奇古怪的药，配制成一种新的丸药。然后，作为辅助治疗，还设计了一种非常奇特的服药方法。下面是服药方法中的一小部分细节：

  国王必须穿睡衣，怀抱一个大枕头，爬上一棵直径二十厘米的梧桐树；然后，对着月亮学三声蛤蟆叫；然后，刮自己鼻子十二下；然后，爬

下树,单脚跳回卧室;然后,闭左眼,瞪右眼,做深呼吸;然后……然后……然后……(以下尚有七十八个"然后",删去)最后,躺在床上想着小时候尿床的事,同时服下丸药。

国王为了不再打呼噜,只好一样样照着做。做完所有规定的事情,用去了三个小时。国王终于睡着了……

第二天一早,凡尔医生来了,急切地问:"怎么样,不像猪那样叫了吧?"国王点点头,指一指录音机,有气无力地说:"你自己听吧,改成驴叫了。"

凡尔医生一按录音机,喇叭里果然发出了驴叫。一声声叫得悠长,叫得欢乐,叫得放肆,一听就知道是一头傻驴傻劲儿彻底发作时那种特有的叫。

凡尔医生吓得脸都白了。然而国王竟没有发怒,只是说:"有变化就好,继续研究,去吧!"

凡尔医生赶紧溜了,回去继续研究。

"可能是丸药制得不对,再加一点药进去吧。"凡尔医生又在原先的丸药里,加进了二百多种新的成分。

依旧照着上次的服药方法,国王累得汗流浃背,终于服下了新的丸药。国王睡着了……

第二天一早,凡尔医生又来了,紧张地问:"陛下,这次一定是猪叫、驴叫都没有了吧?"

"混账!"国王怒容满面,"你到底搞的什么鬼?这次改成狗叫了!"

凡尔医生全身发着抖,听着录音机里发出的声音:一阵阵狗的吠叫,叫得疯狂,叫得凶恶,叫得让人起鸡皮疙瘩,一听就知道,完全是一只疯狗在叫。

凡尔医生抖得不知所措。

"滚吧!"国王大发雷霆,"下次再不能医好我的病,就枪毙你!滚!"凡尔医生连滚带爬地逃回去了。

他一阵阵出冷汗,冥思苦想,最后,终于一拍大腿,醒悟过来:"对了,一定是服药的方法不对,可能是太简单了,应该再增加一点内容。"

于是,他又设计了一套更奇特、更复杂的服药方法。除原来那些基本动作外,还增加了扯头发、爬床底、跟蚂蚁谈心、给黄瓜唱歌,等等。所有的动作共分成七十二节,每节三十六个动作。

国王下了最大的决心，气喘如牛地照着规定一一去做。等到做完最后一个动作，服下了丸药，东方已经发白。

国王一头倒在床上，与其说是睡着了，还不如说是昏过去了。

奇迹终于出现了。国王睡得很安宁，呼噜声消失了。凡尔医生奇特的治疗，终于见效了！国王拥抱着凡尔医生，欢呼着："万岁！王后不会和我离婚了！"

凡尔医生到底是天才，他获得了巨大的成功。他满载着国王赐给他的礼物，回到了他的诊所。凡尔医生觉得疲乏至极，身体散了架似的。这些天，他不但发疯一样地研究，而且受了两次惊吓，脸也黄了，人也瘦了，虚弱得好像一口气就可以被吹起来，迎风飞舞。"唉，到乡下去住几天，换换空气吧。"几天以后，凡尔医生打点好行装，准备到乡下去了。

突然，门铃响了，国王的侍卫进来了，大声说道："凡尔医生，国王要立即召见你！"

凡尔医生眼前一黑。天哪，一定是国王的老毛病犯了！

当凡尔医生战战兢兢地走进国王的密室，他已经做好了死的准备。

国王见他进来，久久地凝望着他，一言不发。凡尔医生紧张得手脚冰冷，灵魂早已出窍，飞向远方。

"我遇到了灾难……王后又要和我离婚了。"国王眼圈红红地说。

"难……难道又……又发病了？"

国王悲哀地摇摇头："不，你的治疗很见效，我已经不再打呼噜了。"

"那，那为什么……"凡尔医生糊涂了。

"唉，"国王深深叹了一口气，"王后说，自从我不再打呼噜，夜里就静得可怕，她就因此常常做噩梦。要是我不恢复打呼噜，她就永远不会睡上安稳觉了。她就是为了这要和我离婚，她说她不能和一个不会打呼噜的傻瓜一起生活……"

凡尔医生吃惊得跳了起来："陛下，您是说，您要恢复您的打呼噜？"

"对，而且不要驴叫、狗叫，就是那种猪叫，那是我的传统。"

从国王的眼神里可以看出,他对杀猪一般的呼噜声,现在已经无限地憧憬。"真的,你得赔我的呼噜!"

凡尔医生两眼一黑,双腿一软,不顾一切地晕过去了。

牵手阅读

在这个故事里,国王代表了西方传统童话故事里的权威,而凡尔医生则是一个可怜兮兮、不得不接受国王无理要求的医生,他们之间的相处本身就充满趣味。故事用幽默讽刺的笔调,展现了人物的性格特征,国王的无理、医生的胆小,都生动地呈现在读者面前。请大家想一想,如果有人请你治打呼噜,你会有什么好办法呢?

导读

有一只小耗子,他满怀信心地出门远行,去了好多地方,还遇到了一只大熊。可是当他回家告诉耗子奶奶时,却听到了让人意外的回答。

小耗子长途旅行记

爱斯基摩人民间故事

有一天,一只小耗子外出旅行。耗子奶奶给他烤了些路上吃的饼,把他送到了洞口。

小耗子是一大早出门的,到了傍晚才回来。

"啊,奶奶!"小耗子喊了起来,"要知道,原来我是最有力量、最灵巧、最勇敢的,可在旅行前我还不知道呢。"

"你是怎么知道的呢?"奶奶问。

"是这样的,"小耗子讲了起来,"我出洞以后,走呀走呀,来到了大海边,那海可大可大啦,海面上不停地翻着波浪！可是我并不怕，我跳到海里就游了过去，连我自己都感到惊讶，我竟然游得这么好。"

"你说的大海在哪儿？"耗子奶奶问。

"我们老鼠洞的东边呀。"小耗子回答说。

"我知道，我知道这个海。"耗子奶奶说，"前些天有一只鹿在那儿走，一跺蹄子，蹄子印里积下了水。"

"那么你再接着往下听，"小耗子说，"我在太阳底下晒干了身子，又继续向前走。我见前边有一座高山，那山可高可高啦，山顶上的树把云彩都挂住了。我想，不能绕着这座山过去。我跑了几步，纵身一跳，就从山上跳了过去。甚至连我自己都感到惊讶，我怎么会跳这么高。"

"你说的那座高山我知道，"耗子奶奶说，"那是水坑后面的小草丘，上面长着草。"

小耗子叹了口气，但接着讲了下去："我继续往前走，只见两只大熊在打架。一只白色的大熊，一只棕色的大熊。他们吼叫着，一只熊要打断另一只熊的骨头，可是我没害怕，就扑到他们中间，硬是把他俩

给分开了。甚至连我自己都感到惊讶,我一只小耗子竟然对付得了两只大熊。"

"原来你说的两只大熊,一只是白蛾,一只是苍蝇。"

说到这儿,小耗子伤心地哭了起来。

"闹了半天,我不是最有力量、最灵巧、最勇敢的呀……我游过去的是蹄子印,跳过去的是小草丘,分开的是白蛾和苍蝇。只不过如此啊!"

耗子奶奶笑了起来，说："对于小耗子来说，蹄子印就是大海，小草丘就是高山，白蛾和苍蝇就是大熊。如果这些你全都不怕，那就说明在整个冻土地带你最有力量、最灵巧、最勇敢了。"

牵手阅读

故事里的小耗子经历了"长途旅行"，以为自己很厉害了，但他所经历的大海、高山，都是自然界中微不足道的水坑与草丘，连遇到的大熊也只是两只昆虫。在生活中，像小耗子一样认清自我并对未来充满信心是十分重要的，有了这两样，就算遇到了真的大海、高山，我们也可以逾越。小朋友们，想一想自己有没有独自出门远行的经历呀？你觉得独自远行需要具备哪些素质呢？

 **寄出你的爱**

在日常生活中，你有没有收到过爸爸妈妈的信呢？有没有不想和爸爸妈妈说的小秘密呢？有没有想表达感激和爱意，却不好意思说出口的时刻呢？其实说出爱很简单，不仅可以用语言和行动来表达爱，用文字也可以将难言的心事表达出来呢。看了本章中的信，不妨尝试给爸爸妈妈写一封信吧！相信他们会很开心的！

导读

我们小的时候总想快快长大,以为长大了就不会再受束缚,能够无忧无虑地做自己想做的事情。可是你知道吗?在艺术大师丰子恺的眼中,孩子的生活才是他无比憧憬和羡慕的,他还非常佩服自己的小女儿。你知道这是为什么吗?

给我的孩子们

丰子恺

我的孩子们!我憧憬于你们的生活,每天不止一次!我想委曲地说出来,使你们自己晓得。可惜到你们懂得我的话的意思的时候,你们将不复是可以使我憧憬的人了。这是何等可悲哀的事啊!

瞻瞻!你尤其可佩服。你是身心全部公开的真人。你什么事体(杭州话)都想拼命地用全副精力去对付。小小的失意,像花生米翻落地了、自己嚼了舌头了、小猫不肯吃糕了,你都要哭得嘴唇翻白,昏去一两分钟。外婆普陀去烧香买回来给你的泥人,你何等鞠躬尽瘁地抱它、喂它;有一天你自己失手把它打破了,你的号哭的悲哀,比大人们的破产、失恋、丧考妣、全军覆没的悲哀都要真切。两把芭蕉扇做的脚踏车,麻雀牌堆成的火车、汽车,你何等认真地看待,挺直了嗓子叫"汪——""咕咕咕……"来代替汽油。宝姊姊讲故事给你听,说到"月亮姊姊挂下一只篮来,宝姊姊坐在篮里吊了上去,瞻瞻在下面看"的时候,你何等激昂地同她争,说"瞻瞻要上去,宝姊姊在下面看!"甚至哭到漫姑面前去求审判。我每次剃了头,你真心地疑我变了和尚,好几时不要我抱。最是今年夏天,你坐在我膝上发现了我腋下的长毛,当作黄鼠狼的时候,你何等伤心,你立刻从我身上爬下去,起初眼瞪瞪地对我端详,继而大失所望地号哭,看看,哭哭,如同对被判定了死罪的亲友一样。你要我抱你到车站里去,多多益善地要买香蕉,满满地擒了两手回来,回到门口时你已经熟睡在我的肩上,手里的香蕉不知落在哪里去了。这是何等可佩服的真率、自然与热情!大人间的所谓"沉默""含蓄""深刻"的美德，比起你来，全是不自然的、病的、伪的！

你们每天做火车、做汽车、办酒、请菩萨、堆六面画，唱歌，全是自动的、创造创作的生活。大人们的呼号"归自然！""生活的艺术化！""劳动的艺术化！"在你们面前真是出丑得很了！依样画几笔画，写几篇文的人称为艺术家、创作家，对你们更要愧死！

你们的创作力，比大人真是强盛得多哩：瞻瞻！你的身体不及椅子的一半，却常常要搬动它，与它一同翻倒在地上；你又要把一杯茶横转来藏在抽斗里；要皮球停在壁上；要拉住火车的尾巴；要月亮出来；要天停止下雨。在这等小小的事件中，明明表示着你们的弱小的力与智力不足以应付强盛的创作欲、表现欲的驱使，因而遭逢失败。然而你们是不受大自然的支配，不受人类社会的束缚的创造者，所以你的遭逢失败，例如火车尾巴拉不住，月亮呼不出来的时候，你们决不承认是事实的不可能，总以为是爹爹妈妈不肯帮你们办到，同不许你们弄自鸣钟同例，所以愤愤地哭了,你们的世界何等广大!

你们一定想:终天无聊地伏在案上弄笔的爸爸,终天闷闷地坐在窗下弄引线的妈妈,是何等无气性的奇怪的动物!你们所视为奇怪动物的我与你们的母亲,有时确实难为了你们摧残了你们,回想起来,真是不安心得很!

阿宝!有一晚你拿软软的新鞋子,和自己脚上脱下来的鞋子,给凳子的脚穿了,划袜(脱掉鞋只穿袜)立在地上,得意地叫"阿宝两只脚,凳子四只脚"的时候,你母亲喊着"龌龊了袜子!"立刻擒你到藤榻上,动手毁坏你的创作。当你蹲在榻上注视你母亲动手毁坏的时候,你的小心里一定感到"母亲这种人,何等煞风景而野蛮"罢!

瞻瞻!有一天开明书店送了几册新出版的毛边的《音乐入门》来。我用小刀把书页一张一张地裁开来,你侧着头,站在桌边默默地看。后来我从学校回来,你已经在我的书架上拿了一本连史纸印的中国装的《楚辞》,把它裁破了十几页,得意地对我说:"爸爸!瞻瞻也会裁了!"瞻瞻!这在你原是何等成功的欢喜，何等得意的作品！却被我一个惊骇的"哼！"字喊得你哭了。那时候你也一定抱怨"爸爸何等不明"罢！软软！你常常要弄我的长锋羊毫，我看见了总是无情地夺脱你。现在你一定轻视我，想道："你终于要我画你的画集的封面！"

最不安心的，是有时我还要拉一个你们所最怕的陆露沙医生来，教他用他的大手来摸你们的肚子，甚至用刀来在你们臂上割几下，还要教妈妈和漫姑擒住了你们的手脚，捏住了你们的鼻子，把很苦的水灌到你们的嘴里去。这在你们一定认为是太无人道的野蛮举动罢！

孩子们！你们果真抱怨我，我倒欢喜；到你们的抱怨变为感激的时候，我的悲哀来了！

我在世间，永没有逢到像你们这样出肺肝相示的人。世间的人群结合，永没有像你们样的彻底地真实而纯洁。最是我到上海去干了无聊的所谓"事"回来，或者去同不相干的人们做了叫作"上课"的一种把戏回来，你们在门口或车站旁等我的时候，我心中何等惭愧又欢喜！惭愧我为什么去做这等无聊的事，欢喜我又得暂时放怀一切地加入你们的真生活的团体。

但是，你们的黄金时代有限，现实终于要暴露的。这是我经验过来的情形，也是大人们谁也经验过的情形。我眼看见儿时的伴侣中的英雄、好汉，一个个退缩、顺从、妥协、屈服起来，到像绵羊的地步。我自己也是如此。"后之视今，亦犹今之视昔"，你们不久也要走这条路呢！

我的孩子们！憧憬于你们的生活的我，痴心要为你们永远挽留这黄金时代在这册子里。

然这真不过像"蜘蛛网落花"，略微保留一点春的痕迹而已。且到你们懂得我这片心情的时候，你们早已不是这样的人，我的画在世间已无可印证了！这是何等可悲哀的事啊！

牵手阅读

　　丰子恺是中国现代画家、散文家，他的文笔一向以平易温情著称，代表作有《缘缘堂随笔》、画集《子恺漫画》等。这封写给孩子的信也是如此，饱含着一位父亲对孩子深沉的爱和对童年纯真的珍爱。作家憧憬着孩提时代的生活，并称之为"黄金时代"，大家想一想这是为什么呢？作者多次运用对比的手法，将孩子的童真自然与大人的"奇怪""无聊"进行对比，有什么深意吗？

导读

曹文轩是中国当代著名作家，他写过很多优秀的少年读物、童话作品。但在他看来，儿子才是自己最得意的作品，也是自己心中永远的亏欠，他愿意哄着儿子长大。就让我们一起走进这位作家的内心世界，感受一位平凡父亲的心路历程。

爸爸愿意哄着你长大

曹文轩

蒙蒙，我的儿子：

　　爸爸在给你写信。爸爸也许会在给你这封信时，突然改变主意而将它压下。爸爸并不一定要让你看到这封信，爸爸只是有话要说——写了信，就等于和你当面说话了。也许过一些日子，我又会将它交到你手上，也许会过很久很久，也许永远尘封直到它风化成纸的碎末。

几年前，你妈妈去美国了，我们又开始了朝夕相处的生活。我们已经很久很久未能朝夕相处了。那些年，我们总是断断续续地见面，匆匆地相聚，又匆匆地离别，渐渐地，我们之间的感情变得浅淡起来，生疏起来。而我总是被千头万绪的事情纠缠着、困扰着，无法静心思考我们之间的关系。见了面，我只是从物质上满足你，甚至想通过这些物质讨好你。我心里永远潜藏着内疚和不安。想到不能与你朝夕相处，想到你身边不能有爸爸的身影随时相伴，我觉得你是一个很不幸的孩子——每逢这个时候，我的心里酸酸的，眼睛会变得潮湿。然而，我没有办法改变这样的状况。因为毁坏了的，就只能永远毁坏了。当我看着你小小的身影渐渐远去时，我只能自己安慰自己：你大了，会懂的。

　　没想到，事情突然改变了——你妈妈要去远方了，你必须回到我的身边。

　　你的姐姐冬冬向我描述了一次开家长会的经过。那次家长会正赶上我在外地，由冬冬代我去开。当时正是美国大学休假的时间，她在北京替我照料你。事后，她激动万分、绘声绘色地向我描述了当时的情景："我刚到达校门口，就有几个孩子迎上前来问：'你是曹西蒙的姐姐吗？'我说：'是呀。'其中一个孩子说：'果然是。'我问他们：'你们怎么知道我是曹西蒙的姐姐？'他们说：'蒙哥说了，最好看的那个女孩就一定是我姐姐。姐姐，从这一刻起，你就尽管吩咐我们。蒙哥委托我们来照料你的，他布置会场去了。'一路上，他们不住地向我夸奖'蒙哥的为人和种种美德'。我对他们说：'你们一定是曹西蒙的死党，就只知道给他涂脂抹粉。'他们一副受了冤枉的神态：'姐，不是啦，我们说的都是事实。'到了那儿我才知道，这不是一次全体家长会，而是为解决班上一场同学之间的纷争而召开的，去的只是有关孩子的家长。我们家蒙蒙是这场纷争的主要人物。我们蒙蒙真棒！开会不久，他就第一个站起来发言，主动承担责任，并且将本不该由他承担的责任，也都揽到了自己的身上。太棒了，我们蒙蒙真是太棒了！……"
冬冬对我说："舅舅，你完全没有必要担心蒙蒙，他是一个很出色的孩子。"我知道你冬冬姐之所以如此激动，如此不留余地地赞美你，正是因为她曾和爸爸一样在为你焦虑。不仅是冬冬姐，你的虎子哥哥、华子姐姐、二子哥哥、越越姐姐，都和爸爸一样曾为你焦虑过。现在，他们也开始和爸爸一样，在放松，在用别样的眼光打量你。

当然，你自己也在改变。你已经知道克制自己的脾气，已经知道在某些时候做出必要的退让。爸爸已经可以与你对话了，尽管这样的对话并不多，也不够推心置腹。但我们毕竟开始了对话。爸爸也学会了克制自己的脾气，做出必要的退让。当我们之间无时无刻不在的紧张得到缓解，当你一天天地变得快乐并在不断成长时，爸爸觉得带你来到这个世界上，真是一件非常好的事情。爸爸写过很多得意的作品，也许，你才是我最得意的作品。

现在，当我想起最初接管你时那种坐卧不安的焦虑，就会觉得不必要。我为我对你的行为总是不假思索地反感和指责，感到非常抱歉。爸爸愿意对自己的粗暴深刻反省，并愿意诚恳地向你道歉。

儿子，鲜亮的青春才刚刚开始光顾你。从今以后，你生命的光彩会迷倒无数人。长大吧，不住地长大，爸爸愿意哄着你。

2014年5月18日于北京大学蓝旗营

 牵手阅读

　　在这封信里，我们忘却了曹文轩身为作家的笔法结构，他只是以一位父亲的口吻在与儿子对话，毫无矫饰。作者讲述了自己对儿子看法的改变，儿子已经从不懂得克制脾气的小孩成长为懂得担当的小男子汉，这让他非常欣慰。而作者也意识到自己以往的粗暴态度并诚恳道歉，表达对孩子未来的期待。在成长路上有时需要家长和孩子的共同成长，请小朋友们想一想，有没有想对爸爸妈妈说的一些心里话，不妨通过信的形式表达出来。

> **导读**
>
> 人在生活中会扮演很多角色，是父母也是子女，是姐姐也是妹妹，在各种身份中，有的角色一旦缺席将会对至爱的人产生一生的影响，这个角色就是妈妈。下面这封信就是在母亲空缺的岁月里，这位小姑娘的自我成长，让我们一起来看看吧。

妈妈，姥姥替你陪着我呢

王馨漪

谷鸿云女士：

你好，是不是很久没有人这么称呼你了。在不到四十年的时间里，你以姥姥姥爷的女儿青儿活着，你以小姨、舅舅踏实的大姐活着，你以银行里值得信赖的谷姐活着，以及你以永远不懂事的我的妈妈活着。辛苦了，虽然这句话很晚才和你说，但我真的很想和你说声辛苦了。

你在1969年出生，在1994年有了我，我们之间隔着二十五年的时光。然后我们因为上天给的缘分，在一起了十余年。这段时间里，我一直以女儿的身份去认识你。但是在你走后，我开始试想，如果脱离了我们之间的血缘联结，你又是个怎样的你。

所以，我才会想着叫你的名字，来重新认识你。你知道吗，放假在家的时候，姥姥看见我那个像狗窝一样的床的时候，她总是会怪我说："怎么连你妈妈的一丁点好，你都没有学会？"这个时候，我总会找理由，心想"学不好也好，谁又会再成为一个像你一样的标杆呢"。

冬天的时候，我的皮肤很爱干，虽然才二十几岁，但是脚后跟总是会出现像是橘络一样的纹路，姥姥总是一边给我找药膏，一边唠叨地说："好根不强，烂根洼。你妈的那点毛病，全到你身上了。"妈，你知道这个时候的我，听到姥姥这么说，竟然还有点开心。因为我觉得我们之间总算是又有点连接了，不管这个连接是好的还是坏的。

我有的时候，也会吃姥姥和小姨的醋。我和她们

说，我都快把你和我在一起的经历都忘了，你能指望一个十岁的孩子记得多少事情呢。但是她们不一样，她们和你待的时间很久。姥姥会和我说，你妈当年考学很用功，但是就差了五分，那年她在家里哭得很难过。你妈来例假的时候，她会疼得在床上打滚……小姨会和我说，她和姨夫刚成家的时候，又生了双胞胎，日子过得很难，她姐姐总会给她钱，帮衬着她。所以现在她和姨夫，会替她姐姐帮衬着我。

我们之间待了十余年，又空了十余年，我在和他们接触的过程中，逐渐完成着对你的印象。所以有时候，我会觉得你真的还在。你在前三十五年的时间里，完成了各种的角色扮演，在空缺的年限里，他们帮助着你完成着对我母亲角色的扮演。因此，我很感激，老天能够选中我当你的女儿。

在你走后的十多年里，家里发生了很多的变化。村里进行了改造，除了家庙还保留外，剩下的都变成了楼房。姥姥姥爷终于可以不用再像从前一样，过着需要到屋子外面上厕所、冬天还要烧煤取暖的日子。他们搬上了楼房，冬天的暖气很足，姥爷每天中午都能在炕上打着呼噜，睡得呼呼的。姥姥会每天定时在炕上做按摩，照顾着姥爷的起居。只不过只有一点，让姥姥感到不满意。她总是会想起之前家里那口用土做的大锅，每当过年做菜的时候，她总会说要是还在原本的家里，用着我那口锅，这些菜早就做出来了……

从去年年末到今年年初，村子里走了许多老人。姥姥姥爷总会在听到消息后，再在一起盘算着村子里的生死变化，这种感觉让我很不舒服，像是在做告别，像是在倒计时一样。

年初的时候，我把教师资格证考出来了，姥爷知道后感觉有点吃了定心丸的样子。他会和我说："我和你姥姥运气好点的话，应该就能看见你的婚礼了，我们现在就盼着你能找个好工作，早点成家，我们再坚持陪你几年。"妈，你知道吗，在此之前，我一直以为我放假回家是去陪他们，实际上是他们在替你陪着我。

今年是姥姥姥爷金婚五十周年，我们在二月二那天一起去照了全家福，唯独少了你的全家福。在此之前，姥爷把家里的相册全都换成新的了，那四个破旧的相册里，记载着姥姥姥爷的大半辈子，你的一辈子，还有我的小辈子。在找拍照穿的衣服时候，姥姥翻出了你们之前买给她的首饰。她说，在她走后，要把你们给她的东西都还给你们，你给的，就顺带留给了我。

去拍照的时候，小姨怕我的身份尴尬，也懒得向照相的人解释种种，就把我算进了他们的一家四口里面。有时候，我会问她为什么对我这么好，她说要不怎么说姨妈也算半个妈呢。

妈，一时之间，和你絮絮叨叨了这么多，你是不是发现我竟然有着话痨的潜质。其实，这些话，不能概括你走后十余年间发生的半点变化，但总是要找出一些说给你听的。我知道，你也想听。

妈，我今年二十四岁了，模样比小时候长开了点，就是这身肉总让我发愁。长得越大，拥有的身份就会越多，但是在这么些身份之中，我最想扮好的就是你的女儿的角色。像你一样，成为弟弟们值得信赖的大姐，成为姥姥姥爷为之骄傲的外孙女，成为说出去会让人觉得有其母必有其女的谷姐的女儿。

我一直在努力，虽然这一路走来很累，真的很累,但好在都慢慢熬过来了。我们这边都不用你挂念,我会替你照顾好他们,只此一点,我希望你能保佑姥姥姥爷平安健康,再多陪我几年。最后还有一句,我很想你,妈。

女儿:童童

牵手阅读

> 这是一封永远寄不出的信,作者的母亲在她十多岁时就离开了人世,那个时候虽然她记不得一些事,但对母亲的爱一直留在心里。姥姥姥爷和小姨的陪伴使她养成了乐观的性格并健康地成长,虽然这一路走来很累,但好在都慢慢熬过来了。人越大,拥有的身份就会越多,但是在这么些身份之中,作者最想扮好的就是女儿的角色。这是一封催人泪下的信件,做子女的最怕的就是"子欲养而亲不待",趁着父母还年轻,大声说出你对他们的爱吧!

> **导读**
>
> 我们的爸爸大都是平凡的,每天兢兢业业地上班工作,早出晚归。但是在下面这个小作者眼里,她的爸爸从未平凡。

写给从未平凡的爸爸

孙雅欣

亲爱的爸爸:

从前很少给你写信,执笔竟一时不知该从何说起。笔杆在纸上投下长长的影子,思绪又回到了无数个昨天。

你开车带我出门,我总喜欢在后座上叽叽喳喳地说个没完。清晰地记得有一次,我托腮望着车窗外疾驶而过的风景,向你抱怨年已十七的我却未曾踏出国门的惆怅,而你只是不以为意地笑笑,玩笑般地回道:"我都四十好几了,也没有出过国呢。"

那时我竟局促得沉默不言，心里却有如滂沱大雨般汹涌不止。

我刚刚步入一个绚烂如花的季节，大好的青春年少在我面前漾成了海。可是，在你十七年的默默陪伴中，我却鲜有真正注视过你的时候。而对于你的年龄，我甚至还要掰着指头算一下才能得出结论——你已经四十五岁了。

纵观你的日常：送我上学，单位上班，加班到深夜。枯燥而单调的生活，一年到头没有什么改变。越来越疲惫的身躯，越来越沉重的任务，越来越无趣的生活，夹在触目惊心的清单中单曲循环。

有一天深夜，我揉着惺忪睡眼踱步而出，却依旧见你半掩的房门透出清光一缕。那帧画面至今烙在我的脑海深处——你桌上的茶还在黑暗中冒着热气，正方形的电脑荧屏上是密密麻麻的数据，你驼着背伏在电脑前，而我甚至看不出你眼中的神情，那是一种怎样的目光啊，疲惫又木然。你修长的手指在键盘上敲打着千篇一律的代码，生活就在指尖下无声溜走。

我的悲哀，如潮水般涌来。不为别的，只为你对这开不出花的岁月的接纳。

的确,这十七年来,我也早已习惯了你的早出晚归。从大学毕业到现在,你已经工作二十二年。忙碌,几乎成为你生活的代名词。在这重复的日子里,你是如何经受住日复一日的打磨的,我无法想象。我向来想不通你那一条路走到黑的执着,究竟是什么,让你在这单薄如纸的晴空之下保持着遥遥无期的忙碌?

我曾自作聪明地妄自揣测过你的内心。我说你是身陷沼泽的井下客,是一意孤行的苦行僧,在一成不变的世俗中无力挣脱,抑或是不愿挣脱。

生活的优越也给予了我精神的富足,从小,在你的睡前故事中闭上双眼,我的梦境便成了一场童话,处处生花。抛开现实的压力,我总是天真地认为,生活应该有梦有歌,世界应该有诗有远方——理想主义者不甘于黯淡不甘于平庸,要不枉此行方称快意。

看着你憔悴的面容和参差的胡茬,我曾无数次想过——我不会像你一样。

每个人都是自己世界里的小小英雄,哪怕负隅顽抗,也要勇敢寻找梦中的江湖,我的心随着各种媒体铺天盖地的信息蠢蠢欲动，人就该活一把潇洒痛快，最怕平凡碌碌一生。

望着你通宵达旦加班赶点的身影，品着你对生活的无奈和寂寞，我愈加不理解你对生活的选择。

那个夜晚在我的脑海中模糊了，已记不明晰了，只记得，星星格外地亮。

你盘腿坐在凉席上，手中握一把蒲扇，与我促膝长谈。也就是那时，我才真真切切地听到，你的童年，你的青春，被命运偷走了太多东西。

"只是拿那黏好的竿儿一戳，知了就被牢牢地黏在竿儿上，一动也动弹不得……折一片柳叶，对嘴吹，能吹出山歌的调调来……"你轻摇着蒲扇，叙述着自己童年在乡下的那段无忧岁月，越说越兴奋。我饶有兴趣地听着，眼前早已绘出了画面。

那是一个在阳光下绿得有些透明的小村，当时你也不过四五岁的光景，和一群小伙伴成天泡在林子里，捕虫捉鸟，爬山戏水，不亦乐乎。我能看到你们屏息凝气，一步步逼近树梢那些不知大祸将近还依旧高歌的知了，日光斑驳，透过花间缝隙泻了一地碎金。听到你为了摘枣爬上大树却摔得狼狈不堪，我还禁不住捧腹大笑，那时我着实羡慕你色彩斑斓的童年。

　　随着年龄的增长，你肩上的担子越来越重。不仅要上学读书，还要照顾年幼的弟弟、承担田务。那时的你比我现在小得多，却每天迎着浓重的夜色骑几十里的山路去镇外的学校，还在秋天的丰收时节被玉米锋利的叶子划得鲜血淋漓。有那么一天，依然是黎明到来之前，你因为饥饿倒在了上学的路上，不知多久后醒来，身上的衣服已被冷汗湿透。睡在山中的危险可想而知，望着我胆怯而担忧的眼睛，你也只是轻描淡写、付之一笑。

　　最黑暗的日子到来了，你还只是个和我一般大的少年，却经历了最刻骨铭心的逝亲之痛，我的爷爷奶奶相继离你而去。从此你独自扛起了生活，承担了所有我现在想都不敢想的酸楚。我想不出，一个孩子，要有多坚强，才能在经历了这一切之后直面生活。

　　你以县里第二的成绩取得了城市的通行证，成为村里唯一一个大学生，这都是后话。直到你因一首诗与我的妈妈邂逅，漫漫的家庭生活才在你面前徐徐展开。

我眼中的平凡,是你用多少苦难换来的一隅之安啊!

爸爸,你可知,在一个尚不知道远方是何物的年纪,我就开始思慕所谓的远方。现在看来,不过是对眼前生活的一种乏腻罢了。少年人总是这样,三分钟热度,自以为能够面对生活的考验,实际上,远没有竞争的资格。

我不相信你没有野心,不相信你未曾考虑过那些轰轰烈烈。韶华易逝,你终究是选择了最奔波劳累又最枯燥无味的生活。可我再也无法自作聪明地去揣度你,因为我知道,甘于接受平凡甚至平庸的生活,在千篇一律的日子里消磨着年少时的梦,你驻足的理由,是身后的一个家。

我以为我是对的,我说我不会像你一样。

可是如果我长大了,我的身后也有一个家需要养活,那我还能否抛开一切执念,追寻我的远方和洒脱吗?我当然不能。

你是我的爸爸，用最平淡的生活、最无声的语言，教会了我太多太多。

生于平凡，甘于平凡，或许将归于平凡，但你从未平凡。

我亲爱的爸爸。你的平凡，虽败犹荣。

你的女儿　雅欣
2018年8月14日

牵手阅读

> 这封信是作者写给自己父亲的，我们惊叹于作者年少却老成的文笔，将父亲与自己的往昔娓娓道来，平和中带着温情的力量。其实我们每个人的父亲都是平凡的，但正是这份平凡，给了我们不平凡的力量，给了我们面对人生、追寻远方的勇气与希望。读了这封信，你觉得你的爸爸是怎样的呢？爸爸的童年又是怎样的呢？

导读

很多时候,我们会有一些自己的小秘密,不敢跟爸爸妈妈说,只敢偷偷藏在心里。可是今天,我想把我的心里话,都倾诉在这封信里……

我有个秘密

覃大坨

亲爱的妈妈:

明天要开家长会了,如果万一,我是讲万一你得空去开会,要记得:我今年读五年级了,还是三班,我们教室在学校大门口左边,垃圾桶的旁边,五楼,莫走错了。

老师还讲要我们给爸爸妈妈写一封信,把自己心里的秘密讲给你们听。其实,妈妈,我也没有什么写的,我没有秘密的。也不是,我有个秘密,就是妈妈你不要再给我买玩具、买书,说是爸爸买给我的礼物了。我给你洗衣服的时候都在你裤子口袋里翻到小票了，好几次了，我没有给你讲。

其实护士小张阿姨和医生李伯伯早就给我讲过了，爸爸重新结婚了。结就结了，不要紧的。妈妈，你放心，不管你经常加班也好，经常被喊到医院去做手术也好，经常不回家也好，妈妈，爸爸等不起你，你也不要灰心，还有我会在家里等你的咧。你看病人的时候要想到还有大坨会在家里煮饭给你吃。讲到煮饭，我想到昨天给你送饭的事。我到你病房的时候，护士龙伯伯讲有个阿姨难产，你又上手术台了。妈妈，昨天我不是故意拖到七点钟才给你送饭的。现在不比以前，你们州人民医院搬到乾州去了，我放学回来搭车也要时间的。其实昨天我一放学就回来了，没和同学玩，我就是找不到你给我留的买菜钱了，我找了好久才在冰箱旁边的旮旯里找到。

给你讲了好多次，放钱要用碗压着，免得被风吹走，你就是不听，这下好了，又没得饭吃就上手术台了吧！为了让你吃饭，我放学从来不和同学玩耍，买菜都是跑的，你倒好，这么点小事都记不得，下次要改正，听到了没？

你那双酱色的皮鞋我已经拿到楼下麻伯伯那里修好了，你下次可以穿了。你也没给我讲一声皮鞋坏了，还是我取跳绳的时候看到两只鞋子旁边都开了好大的口子，你前几天还穿去上班哩，晓得你天天忙得没空，你也不看一下，要是到病房看病人的时候鞋底板脱了就好了，人家要笑死你的。

还有，妈妈，你下次不要再给我讲什么要我下辈子生到一个妈妈不是医生的人家里，还有那家人要好有钱好有钱，让我天天都享福的话了。其实，妈妈，我晓得，我成绩不太好，衣服有时候也洗不干净，人又不聪明，买菜还被骗过，但是妈妈，我会改的咧，嘿嘿。最后，我要悄悄地给你讲，老红妈妈，其实和你在一起，就算没有爸爸，我也很幸福。

还有啊，你不在家的时候，我吃饭都是大碗大碗地吃，我会快快地长成一大坨的。

希望我的老红妈妈这次有空来开家长会，你没有空也不要紧的，这次我考得好。我上床睡了，你回来莫忘记关走廊灯,浪费电。

你的宝宝女　覃大坨
2015年10月13日

牵手阅读

这是一封女儿写给妈妈的信,这封信的笔触比较稚嫩,语言也很平实,就像与妈妈面对面对话一样娓娓道来,一个懂事的、独立自强的女儿形象跃然纸上。由于家庭的缘故,她早早担起了照顾家庭的责任,不仅打理好自己的生活学习,也让妈妈没有后顾之忧,她超越年龄的懂事与成熟令人动容。小朋友们,你也有什么秘密想要告诉爸爸妈妈的吗?大胆说出你的心里话吧!

 **享受幸福**

你有过"窃读"的经历吗?那滋味儿很不好受,既要忍受书店工作人员的白眼,还要站在那里忍饥挨饿,只是为了读一本好看的书。可是有人觉得,这就是幸福。很多时候我们都能听到亲人朋友的提醒,他们提醒我们注意添衣保暖,注意别饿着,注意不要闯红灯……我们被提醒的,似乎都是一些不太好的事情。但为什么从来没有人提醒我们,要注意幸福呢?最幸福的人是什么样子的呢?读完下面的三个故事,相信你会有自己的答案。

> **导读**
>
> 读书是一件很幸福的事，在书中，我们可以了解大千世界，可以走进白雪公主和灰姑娘的童话世界，也可以接触各种奇妙的人和事。可是有一个小姑娘，她没有钱买书，只好在书店里"窃读"，这是怎么一回事呢？

窃读记

林海音

转过街角，看见三阳春的冲天招牌，闻见炒菜的香味，听见锅勺敲打的声音，我松了一口气，放慢了脚步。下课从学校急急赶到这里，身上已经汗涔涔的，总算到达目的地——目的可不是三阳春，而是紧邻它的一家书店。

我趁着漫步给脑子一个思索的机会："昨天读到什么地方了？那女孩不知以后嫁给谁？那本书放在哪里？左角第三排，不错……"走到三阳春的门口，便

可以看见书店里仍像往日一样挤满了顾客,我可以安心了,但是我又担忧那本书会不会卖光了,因为一连几天都看见有人买,昨天好像只剩下一两本了。

我跨进书店门,暗喜没人注意,我踮起脚尖,使矮小的身体挨蹭过别的顾客和书柜的夹缝,从大人的腋下钻过去,哟,把短发弄乱了,没关系,我到底挤到里边来了。在一片花绿封面的排列队里,我的眼睛过于急忙地寻找,反而看不到那本书的所在。从头来,再数一遍,啊!它在这里,原来不是在昨天那位置了。

我庆幸它居然没有被卖出去，仍四平八稳地躺在书架上，专候我的光临。我多么高兴，又多么渴望地伸手去拿，但和我的手同时抵达的，还有一双巨掌，十个手指大大地分开来，压住了那本书的整个：

"你到底买不买？"

声音不算小，惊动了其他顾客，全部回过头来，面向着我。我像一个被捉到的小偷，羞惭而尴尬，涨红了脸。我抬起头，难堪地望着他——那书店的老板，他威风凛凛地俯视着我。店是他的，他有全部的理由用这种声气对待我。我用几乎要哭出来的声音，悲愤地反抗了一句：

"看看都不行吗？"

其实我的声音是多么软弱无力！

在众目睽睽之下，我几乎是狼狈地跨出了店门，脚跟后面紧跟着的是老板的冷笑："不是一回了！"不是一回了！那口气对我还算是宽容的，仿佛我是一个不可以再被原谅的惯贼。但我是偷窃了什么吗？我不过是一个无力购买而又渴望读到那本书的穷学生！

曾经有一天，我偶然走过书店的窗前，窗里刚好摆了几本慕名很久而无缘一读的名著，欲望推动着我，不由得走进书店，想打听一下它的价钱，也许是我太矮小了，不引人注意，竟没有人过来招呼，我就随便翻开一本摆在长桌上的书，慢慢读下去，读了一会儿仍没有人理会，而书中的故事已使我全神贯注，舍不得放下了。直到好大工夫，才过来一位店员，我赶忙合起书来递给他看，煞有介事似的问他价钱，我明知道，任何便宜价钱对于我都是枉然的，我绝没有多余的钱去买。

但是自此以后，我得了一条不费一文钱读书的门径。下课后急忙赶到这条"文化街"，这里书店林立，使我有更多的机会。

一页，两页，我如饥饿的瘦狼，贪婪地吞读下去，我很快乐，也很惧怕，这种窃读的滋味！有时一本书我要分别到几家书店去读完，比如当我觉得当时的环境已不适宜我再在这家书店站下去的话，我便要知趣地放下书，若无其事地走出去，然后再走入另一家。

我希望到顾客正多着的书店，就是因为那样可以把矮小的我挤进去，而不致被人注意。偶然进来看书的人虽然很多，但是像我这样常常光顾而从不买一本的，实在没有，因此我要把自己隐藏起来，真是像个小偷似的。有时我贴在一个大人的身边，仿佛我是与他同来的小妹妹或者女儿。

最令人开心的是下雨天，感谢雨水的灌溉，越是倾盆大雨我越高兴，因为那时我便有充足的理由在书店待下去。好像躲雨人偶然避雨到人家的屋檐下，你总不好意思赶走吧？我有时还要装着皱起眉头不时望着街心，好像说："这雨，害得我回不去了。"其实，我的心里是怎样高兴地喊着："再大些！再大些！"

但我也不是读书能够废寝忘食的人，当三阳春正上座，飘来一阵阵炒菜香时，我也饿得饥肠辘辘，那时我也不免要做个白日梦：如果袋中有钱该多么好！到三阳春吃碗热热的排骨大面，回来这里已经有人给摆上一张弹簧沙发，坐上去舒舒服服地接着看。我的腿真够酸了，交替着用一条腿支持另一条，有时忘形地撅着屁股依赖在书柜旁，以求暂时的休息。明明知道回家还有一段路程要走，可是求知的欲望这么迫切，使我舍不得放弃任何可捉住的窃读机会。

为了解决肚子的饥饿，我又想出一个好办法：临来时买上两个铜板（两个铜板或许有）的花生米放在制服口袋里，当智慧之田丰收，而胃袋求救的时候，我便从口袋里掏出花生米来救急。要注意的是花生皮必须留在口袋里，回到家把口袋翻过来，细碎的花生皮便像雪花样地飞落下来。

但在这次屈辱之后，我的小心灵确受了创伤，我的因贫苦而引起的自卑感再次地犯发，而且产生了对人类的仇恨。有一次刚好读到一首真像为我写照的小诗时，更增加了我的悲愤，那小诗是一个外国女诗人的手笔，我曾抄录下来，贴在床前，伤心地一遍遍读着。小诗说：

> 我看见一个眼睛充满热烈希望的小孩，
> 在书摊上翻开一本书来，
> 读时好似想一口气念完。
> 摆书摊的人看见这样，
> 我看见他很快地向小孩招呼：
> "你从来没有买过书，
> 所以请你不要在这里看书。"

小孩慢慢地踱着叹口气,

他真希望自己从来没有认过字母,

他就不会看这老东西的书了。

穷人有好多苦痛,

富的永远没有尝过。

我不久又看见一个小孩,

他脸上老是有菜色,

那天至少是没有吃过东西——

他对着酒店的冻肉用眼睛去享受。

我想着这个小孩情形必定更苦,

这么饿着,想着,这样一个便士也没有。

对着烹得精美的好肉空望,

他免不了希望他生来没有学会吃东西。

　　我不再去书店,许多次我经过文化街都狠心咬牙地走过去。但一次,两次,我下意识地走向那熟悉的街,终于有一天,求知的欲望迫使我再度停下来,我仍愿一试,因为一本新书的出版广告,我从报上知道好多天了。

我再施惯技,又把自己藏在书店的一角,当我翻开第一页时,心中不禁轻轻呼道:"啊!终于和你相见!"这是一本畅销的书,那么厚厚的一册,拿在手里,看在眼里,多够分量!受了前次的教训,我更小心地不敢贪婪,多串几家书店更妥当些,免得再遭遇到前次的难堪。

每次从书店出来,我都像喝醉了酒似的,脑子被书中的人物所扰,踉踉跄跄,走路失去控制的能力。"明天早些来,可以全部看完了。"我告诉自己。想到明天仍可以占有书店的一角时,被快乐激动得忘形之躯,便险些撞到树干上去。

可是第二天走过几家书店都看不见那本书时,像在手中正看得起劲的书被人抢去一样,我暗暗焦急,并且诅咒地想:皆因没有钱,我不能占有读书的全部快乐,世上有钱的人这样多,他们把书买光了。

我惨淡无神地提着书包,抱着绝望的心情走进最末一家书店。昨天在这里看书时,已经剩了最后一册,可不是,看见书架上那本书的位置换了另外的书,心整个沉下了。

正在这时，一个耳朵架着铅笔的店员走过来了，看那样子是来招呼我的（我多么怕受人招待），我慌忙把眼睛送上了书架，装作没看见。但是一本书触着我的胳膊，轻轻地送到我的面前："请看吧，我多留了一天没有卖。"

啊，我接过书害羞得不知应当如何对他表示我的感激，他却若无其事地走开了。被冲动的情感，使我的眼光久久不能集中在书本上。

当书店的日光灯忽地亮了起来，我才觉出站在这里读了两个钟点了。我合上最后一页——咽了一口唾沫，好像所有的智慧都被我吞食下去了。然后抬头找寻那耳朵上架着铅笔的人，好交还他这本书。在远远的柜台旁，他向我轻轻地点点头，表示他已经知道我看完了，我默默地把书放回书架上。

我低着头走出去，黑色多皱的布裙被风吹开来，像一把支不开的破伞，可是我浑身都松快了。摸摸口袋里是一包忘记吃的花生米，我拿一粒花生送进嘴里，忽然想起有一次国文先生鼓励我们用功的话："记住，你是吃饭长大，也是读书长大的！

但是今天我发现这句话还不够用，它应当这么说："记住，你是吃饭长大，读书长大，也是在爱里长大的！"

 牵手阅读

林海音，著名作家，其知名代表作《城南旧事》正是林海音对在北京生活的童年往事的回忆。林海音的作品往往借孩子的眼光看待世界，正如这篇故事是以一个小女孩的视角来讲述"窃读"的经历。小女孩对读书、对知识的渴望非常鲜明地展现在读者面前，让我们不禁祈盼她能够如愿读完那几本书。作家也擅长心理描写，读书时的忘我、躲避店员的行为、充饥的办法，都刻画得非常生动，富有生活气息。故事亦有温情的一面，店员好心地留下那本没有看完的书，让我们感受到世界的同情与温暖。小朋友们，你喜欢读书吗？你有没有过"窃读"的经历呢？

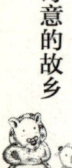

诗意的故乡

> **导读**
>
> 在生活中，我们常常会听到各种各样的提醒，提醒上当受骗、提醒荣辱不惊、提醒注意降温下雨……但为什么，没有人提醒幸福呢？

提醒幸福

毕淑敏

我们从小就习惯了在提醒中过日子。天气刚有一丝风吹草动，妈妈就说，别忘了多穿衣服。才相识了一个朋友，爸爸就说，小心他是个骗子。你取得了一点成功，还没容得乐出声来，所有关切着你的人一起说，别骄傲！你沉浸在欢快中的时候，自己不停地对自己说：千万不可太高兴，苦难也许马上就要降临……

我们已经习惯于提醒，提醒的后缀词总是灾祸。灾祸似乎成了提醒的专利，把提醒也染得充满了淡淡的贬义。

我们已经习惯了在提醒中过日子，看得见的恐惧和看不见的恐惧始终像乌鸦盘旋在头顶。

在皓月当空的良宵，提醒会走出来对你说：注意风暴。于是我们忽略了皎洁的月光，急急忙忙做好风暴来临的一切准备。当我们大睁着眼睛枕戈待旦之时，风暴却像迟归的羊群，不知在哪里徘徊。当我们实在忍受不了等待灾难的煎熬时，我们甚至会恶意地祈盼风暴早些到来。

在许多夜晚，风暴始终没有降临。我们辜负了冰冷如银的月光。

风暴终于姗姗地来了。我们怅然发现，所做的准备多半是没有用的。事先能够抵御的风险毕竟有限，世上无法预计的灾难却是无限的。战胜灾难靠的更多的是临门一脚，先前的惴惴不安帮不上忙。

当风暴的尾巴终于远去，我们守住零乱的家园。气还没有喘匀，新的提醒又智慧地响起来，我们又开始对未来充满恐惧的期待。

人生总是有灾难。其实大多数人早已练就了对灾难的从容，我们只是还没有学会灾难间隙的快活。我们太多注重了自己警觉苦难，我们人忽视提醒幸福。

请从此注意幸福！

幸福也需要提醒吗？

提醒注意跌倒……提醒注意路滑……提醒受骗上当……提醒荣辱不惊……先哲们提醒了我们一万零一次，却不提醒我们幸福。

也许他们认为幸福不提醒也跑不了的。也许他们以为好的东西你自会珍惜，犯不上谆谆告诫。也许他们太崇尚血与火，觉得幸福无足挂齿。他们总是站在危崖上，指点我们逃离未来的苦难。

但避去苦难之后的时间是什么？

那就是幸福啊！

享受幸福是需要学习的，当幸福即将来临的时刻需要提醒。人可以自然而然地学会感官的享乐，人却无法天生地掌握幸福的韵律。灵魂的快意同器官的舒适像一对孪生兄弟，时而相傍相依，时而南辕北辙。

幸福是一种心灵的震颤，它像会倾听音乐的耳朵一样，需要不断地训练。

简言之，幸福就是没有痛苦的时刻。它出现的频率并不像我们想象的那样少。人们常常只是在幸福的金马车已经驶过去很远，捡起地上的金鬃毛说，原来我见过它。

人们喜爱回味幸福的标本，却忽略幸福披着露水散发清香的时刻。那时候我们往往步履匆匆，瞻前顾后不知在忙着什么。

世上有预报台风的，有预报蝗虫的，有预报瘟疫的，有预报地震的。没有人预报幸福。

其实幸福和世界万物一样，有它的征兆。

幸福常常是朦胧地、很有节制地向我们喷洒甘霖。你不要总希冀轰轰烈烈的幸福，它多半只是悄悄地扑面而来。你也不要企图把水龙头拧得更大，使幸福很快地流失。而需静静地以平和之心，体验幸福的真谛。

幸福绝大多数是朴素的。它不会像信号弹似的，在很高的天际闪烁红色的光芒。它披着本色的外衣，亲切温暖地包裹起我们。

幸福不喜欢喧嚣浮华，常常在黯淡中降临。贫困中相濡以沫的一块糕饼，患难中心心相印的一个眼神，父亲一次粗糙的抚摸，女友一个温馨的字条……这都是千金难买的幸福啊。像一粒粒缀在旧绸子上的红宝石，在凄凉中愈发熠熠夺目。

幸福有时会同我们开一个玩笑，乔装打扮而来。机遇、友情、成功、团圆……它们都酷似幸福，但它们并不等同于幸福。幸福会借了它们的衣裙，袅袅婷婷而来，走得近了，揭去帏幔，才发觉它有钢铁般的内核。幸福有时会很短暂，不像苦难似的笼罩天空。如果把人生的苦难和幸福分置天秤两端，苦难体积庞大，幸福可能只是一块小小的矿石。但指针一定要向幸福这一侧倾斜，因为它有生命的黄金。

幸福有梯形的切面，它可以扩大也可以缩小，就看你是否珍惜。

我们要提高对于幸福的警惕，当它到来的时刻，激情地享受每一分钟。据科学家研究，有意注意的结果比无意要好很多。

当春天的时候，我们要对自己说，这是春天啦，心里就会泛起茸茸的绿意。

幸福的时候，我们要对自己说，请记住这一刻！幸福就会长久地伴随我们。

那我们岂不是拥有了更多的幸福!

所以,丰收的季节,先不要去想可能的灾年,我们还有漫长的冬季来得及考虑这件事。我们要和朋友们跳舞唱歌,渲染喜悦。既然种子已经回报了汗水,我们就有权沉浸幸福。不要管以后的风霜雨雪,让我们先把麦子磨成面粉,烘一个香喷喷的面包。

所以,当我们从天涯海角相聚在一起的时候,请不要踌躇片刻后的别离。在今后漫长的岁月里,有无数孤寂的夜晚可以独自品尝愁绪。现在的每一分钟,都让它像纯净的酒精,燃烧成幸福的淡蓝色火焰,不留一丝渣滓。让我们一起举杯,说:我们幸福。

所以,当我们守候在年迈的父母膝下时,哪怕他们鬓发苍苍,哪怕他们垂垂老矣,你都要有勇气对自己说:我很幸福。因为天地无常,总有一天你会失去他们,会无限追悔此刻的时光。

幸福并不与财富、地位、声望、婚姻同步,它只是你心灵的感觉。

所以,当我们一无所有的时候,我们也能够说,我很幸福。因为我们还有健康的身体。当我们不再享

有健康的时候，那些最勇敢的人可以依然微笑着说：我很幸福。因为我还有一颗健康的心。甚至当我们连心都不再存在的时候，那些人类最优秀的分子仍旧可以对宇宙大声说：我很幸福。因为我曾经生活过。

常常提醒自己注意幸福，就像在寒冷的日子里经常看看太阳，心就不知不觉暖洋洋亮光光。

牵手阅读

　　毕淑敏，当代散文家、小说家，著有小说《红处方》。这是一篇富有哲理的散文，作者由浅入深地带我们探寻幸福的真正意义。幸福就在我们的身边，它常常是朴素的、不易察觉的，但只要你用心体会，就能立刻发现它的踪影。文中列举的幸福时刻都是我们生活中常见的，常见到我们甚至不以为这是幸福。但其实，这些朴素的、微小的事情，才是我们最应该珍惜的幸福。同学们，你的身边有哪些容易被忽略的幸福呢？

导读

一个完全幸福的人，该是什么样子的呢？为了拿到幸福人的衬衣，国王找遍了整个国家，可是没想到，最幸福的人居然是这样的……

幸福人的衬衣

意大利童话

国王有个独生儿子，国王把他看作掌上明珠。可是王子总是不快乐，天天在窗前呆看天空，消磨时光。

"你到底缺什么呢？我的孩子，"国王关心地问道，"哪儿不称心呢？"

"父亲，我自己也搞不清楚。"

于是，国王想尽办法要使儿子快乐起来。可是，让他看戏，举办盛大舞会或音乐会，所有这一切都无济于事，王子的脸庞失去了往日的红润，渐渐消瘦了。

国王发布了招贤榜。世界上一些最有学问的哲学家、博士、教授纷纷从各地赶到。国王让他们看了王子，并征询他们的看法。众多聪明的学者认真思考了好一阵后，对国王说："陛下，我们仔细考虑了王子的情况，还研究了星相，认为您必须做这样一件事，找一个幸福的人，一个完全幸福的人，把王子的衬衣跟他的衬衣调换一下。"当天，国王就派出大使到世界各地寻找幸福的人。

一个神父被召来见国王。

"你幸福吗？"国王问。

"是的，我确实很幸福，陛下。"

"很好，你做我的主教怎么样？"

"啊，陛下，我正求之不得呢！"

"滚！给我滚得远远的！"国王咆哮起来，"我要找的是一个真正幸福的人。一个总想得寸进尺的小人是不会幸福的。"于是，大使又重新开始搜寻。

不久，国王听说有位邻国国王，人们都说他是个真正幸福的人。他有个贤惠、美丽的妻子，而且子孙满堂。他制服了所有的敌人，国家康泰安宁。国王又看到了希望，马上派使臣去见邻国的国王，想向他要

一件衬衣。

邻国的国王接见了使臣,说:"不错,凡是人们想要的东西我的确都有了。不过,我仍然满腹忧愁,因为总有那么一天,我不得不扔下这一切离开人世。为这事,我夜里睡觉也不安稳呢。"聪明的使臣们想,还是不带回这位国王的衬衣为妙。

很多天过去了,国王还是没能找到一个完全幸福的人。

国王没办法，便到树林里打猎散心。他开枪打中了一只野兔，但只是伤了它的一条腿，野兔拖着瘸腿奔跑着。国王奋力追赶野兔，把随从远远抛在后面。这时，树林外传来了一阵动听的山歌声，国王听着听着，便收住了脚步，心想："这样唱歌的人必定是个幸福的人！"

国王循着歌声来到了一座葡萄园。在那儿，一个快乐的小伙子正唱着歌修剪葡萄藤。

"您好，陛下。"小伙子跟国王打招呼，"这么早您就到乡下来啦？"

"小伙子，你愿意跟我去京都吗？你将成为我的朋友。"

"多谢您了，陛下！这种事儿我根本不想，即使罗马教皇跟我换个位子我也不干。"

"为什么呢？像你这样能干的小伙子……"

"不，不，跟您说吧，我对我现有的一切感到心满意足了，其他的我毫无所求。"

我终于找到一个幸福的人了，国王想。

"听着，小伙子，帮帮我吧。"

"只要能做到的,陛下,我一定尽力效劳。"

"等等!"国王说道,他再也抑制不住内心的喜悦,急忙跑回去对他的随从们说:"跟我来,我的儿子有救了!我的儿子有救了!"接着,他带着他们来到小伙子身边。

"我的好小伙子,"他说,"不管你想要什么我都会给你的,但是,你得给我……给我……"

"给您什么,陛下?"

"我的儿子快要去世了!只有你能救他。快过来!"国王一把抓住小伙子,去解他上衣的扣子。突然,国王愣住了,垂下了双手。

这个幸福的人根本没穿衬衣。

牵手阅读

完全幸福的人是什么样的人呢?不是居于高位的神父,不是拥有一切的国王,却是乡间葡萄园里的一个穷小子。

他对现有的一切都感到满足，即使拿荣华富贵和高官厚禄跟他交换他也不愿意。但他没有衬衣。幸福不是别人给的，它只有自己才能感觉到。

幸福不在于你拥有多少，而在于你能从现有的生活里感受多少。同学们，你认为什么才是幸福呢？你经历过最幸福的事是什么呢？

中国民间故事

中华传统文化博大精深，自古以来，民间便流传着许多经典故事。这些故事充满了中华传统文化的魅力，看似是俏皮欢快，实则却蕴含着深刻的内涵。这一个个充满欢乐和轻松的民间故事，体现着民间民俗的魅力，是一种源于广大人民的智慧结晶。让我们品读这些小故事，感受来自中国民间的风情。

> **导读**
>
> 从前有哥弟俩，父母去世了，留给他俩一头牛、一条狗。有一天，哥俩要分家，哥哥要了头牛，给了弟弟一条狗，到了耕田的时候，弟弟没有牛，他该怎么办呢？让我们一起来看看。

狗耕田

一 苇

从前有哥弟俩，父母去世了，留给他俩一头牛、一条狗。

阿哥是个自私的家伙，从小喜欢欺负阿弟。一天，阿哥把阿弟叫到跟前，对他说："阿弟，俗话说，树大分杈，人大分家——我要跟你分家了，我是阿哥，我要牛，你是阿弟，你要狗。"

就这样他们分家了，哥哥带着一头牛，弟弟带着一条狗。

"汪汪汪！"

"汪汪汪！"

阿弟与他的狗相依为命，度过了寒冷的冬天。

冬去春来，到了春耕时节。春阳一照，春雨一洒，田野变得湿润又松软，家家户户拉牛去耕田。阿弟没有牛，只好去问阿哥借："阿哥，我没有牛，耕不了地，你可以把牛借我用一天吗？"

阿哥摇头又摆手："牛是我的，不是你的。不借！不借！"

阿弟很委屈，可是有什么办法呢？他哭着回家了。走到家门口，小黄狗摇着尾巴跑上来："阿弟，你不要哭，没有牛不要紧，我也能耕田。"

"你？你不过是一条小黄狗——"

"别小看我，汪汪，汪汪汪！"

阿弟想不出别的办法，只好拉小黄狗去耕田了。

没想到，黄狗虽然个子小，力气可真不小，它拉着犁耙，走得又快又稳，几个来回，把几块薄田耕得平整又细致。阿弟很高兴，他在田里种上水稻，种上花生，种上甘蔗。

庄稼们长势很好，阿弟和小黄狗每天相伴到田里去，忙了一天又一天，稻米成熟了，要收割了。可是很奇怪，阿哥田里的稻穗结得又少又瘦，看着让人好生发愁；阿弟田里的稻穗却又多又饱满，金光灿灿，光看着就让人好生欢喜。阿哥种的花生只长苗不结实，拔出来一看，空空的全是根；阿弟的花生结得密密实实好生漂亮。阿哥种的甘蔗又硬又干；弟弟的甘蔗甘甜又多汁，吃起来有花蜜的味道。

阿哥心里憋闷，眼红起来，那天傍晚，他偷偷跑到阿弟窗外，看阿弟正在吃饭呢，小黄狗蹲在他跟前，也在吃饭。只见阿弟夹了一块肉给小黄狗，说："今年收成特别好，都是你的功劳呀，你多吃点儿。"

小黄狗得意扬扬："我耕的田呀，肯定丰收啦！"

阿哥心想，原来这条狗是神犬呀——好，下次，我也要用这条狗耕田。

很快又到了耕田时节，阿哥装出一副笑脸，来向阿弟借狗："亲阿弟，好阿弟，牛生病了，耕不了地，你把狗借我吧！"

阿弟是个老实人，没多想就答应了："借给你可以,不过,你千万别打它。"

"不打,不打!我疼它还来不及,怎么舍得打它呀!"

阿哥牵着黄狗,架上犁耙,去耕田了。

才耕一会儿,阿哥性子急,嫌狗走得慢,一手举起鞭子,"啪"一声,狠狠抽了小黄狗一鞭子,"亏你还是狗呢,怎么走得比牛还慢!快走!别偷懒!"

没想到,他越催,小黄狗走得越慢。打狠了,那只小黄狗干脆停下脚步,定定站在水田里,不走了。

"快走!快走!再不走,我打死你!"

小黄狗还是一动不动站在田里,再怎么骂,怎么吓唬,也不肯往前挪一步。

阿哥怒火冲天,他举起锄头,"砰"一下子,把狗打死了。

阿弟跑过来,他抱起死去的小黄狗,哭得好凄凉。但是,能有什么办法呢?他把小黄狗抱回自家田头,在田头挖了个坑,把狗埋了,做了一个坟。

没过多久,小黄狗的坟头长出来一棵树,树越长越人，很快长得比弟弟还高。弟弟在田里干活，累了就到树下歇息乘凉。

有一回，他想起可怜的小黄狗，抱住树干，摇了两下，只听树上"哐哐啷哐哐啷"一阵响，紧接着，"叮叮当当"掉下来数不清的金币！

这下可发财啦！阿弟捡起金币，到市集去买柴买米买衣裳，又拆了旧茅屋，盖上砖瓦房，他的生活呀，一下子变得富裕又光鲜。

阿哥一看，眼红得不得了。

一天深夜，天黑漆漆的，没有月亮也没有星星，阿哥偷偷跑到弟弟的田头，也学着弟弟的样子，抱住那棵摇钱树，使劲摇起来。

"沙啦沙啦""吧嗒吧嗒"，哈哈，树响了！阿哥心花怒放，他打开大布袋，仰起脸，正打算装钱。谁想到，这一回，树上落下来的不是什么金币，而是狗屎！

一团又一团，湿漉漉、臭烘烘的狗屎，落在阿哥的头上、眼上、鼻子上，糊得他呼吸困难，喘不过气来。

阿哥气得眼睛喷火，头顶冒烟，他沾着满身狗屎跑回家，二话没说，拿起一把柴刀就往阿弟的田头跑，三下五除二，对着那棵树一通猛砍。

"咔嚓！咔嚓！咔嚓！……"

一直砍到整棵树倒在地上，阿哥才气呼呼、骂咧咧地回了家。

第二天一早，阿弟出田干活，看到摇钱树被砍倒在地，不由得放声痛哭。哭累了，眼泪流干了，他把树拖回家，用这段木材做成了一只小渔船。

渔船做好了，阿弟摇着橹，驾着船，到湖里捕鱼。没想到，神奇的事又发生了，小木船一跟湖水相接，就发出了"叮叮咚咚"的木琴声，琴声十分柔和，十分动听，仿佛神仙在弹奏似的。水里的鱼听到音乐声，纷纷从湖水深处游上来，浮在水面上跳舞，不一会儿，鱼一条接一条高高跳起，跳到小渔船的船舱去。

阿弟得到满舱鱼，他把鱼挑到集市去卖，每天都能赚到很多钱。

阿哥看到阿弟挣了大钱，嫉妒得眼睛都绿了，他赶忙跑去湖边，解开那条小渔船的缆绳，摇起橹，驾着小渔船，去到湖中央。

可是这一回，一去到湖中央，小渔船就翻了。

阿哥掉进水里，淹死了。

小渔船在水里翻了一个身，又翻一个身，它扬起头，变成了一条小黄狗，跟阿弟原先那条小黄狗一模一样。

小黄狗四条腿"哗啦哗啦"划水，很快游到岸边，它爬上岸，摇摇头，摆摆尾，甩干身上的水滴，然后撒开腿，跑呀跑，跑呀跑，一路跑回到阿弟的家里。

牵手阅读

中国故事中流传最深广的，很多都是被欺凌的弱者的故事。《狗耕田》中，阿哥强横，阿弟逆来顺受。然而没有牛的阿弟用狗耕田，种出最棒的庄稼；狗死了，田头长出摇钱树；树被砍死，做成小渔船，鱼便自动跳进船舱。而阿哥，在每次强横之后都收获恶果。这个故事，表达的正是柔弱胜刚强的道理。结尾处，小渔船又变成了小黄狗，跟开头构成一个对应，是很精彩的一个环节。故事中牛的意象代表了安稳，而狗意味着忠诚，对主人从一而终，最终带来了财富。通过这个故事我们要意识到做人不能太霸道贪婪，要爱护幼小，保持善良的心性。同学们，生活中你最喜欢什么小动物啊？它们的哪些品质最让你喜欢？

诗意的故乡

导读

"石鼓"作为一种装饰品，对建筑的点缀作用十分显著。但是你知道它的由来吗？这里就不得不说一个人，木匠的祖师爷——鲁班。这种奇妙的点缀，来自于一个"失误"，但是在紧张的时间面前，鲁班把失误变成了美妙。那么这个失误是怎么发生的？鲁班又做了什么呢？

鲁班将错就错

佚 名

相传，鲁班是最早的木匠，也是天下最巧的木匠，现在的木匠都把鲁班当祖师爷来敬奉。

有个皇帝要盖金銮宝殿，听说鲁班是天下闻名的能工巧匠，就下了一道圣旨叫鲁班来主持建造。鲁班带着他的三十六个大徒弟、七十二个小徒弟来到京城。大家一口气干了九九八十一天，各方面都基本做好了，定于八月初八黄道吉日竖柱上梁。

八月初七搭架时，鲁班发现一个粗心的小徒弟把一根柱子做短了三寸。第二天就要上梁庆贺，重做已经来不及了，鲁班一时也想不出什么好办法，愁得饭也吃不下。鲁班怎能不急呢，谁不知道木匠怕短。绳子短了可以接成长的，钉子短了可以再打长一点，木头短了一寸两寸，你怎么接呀？盖房子竖柱上梁，特别忌讳一个"短"字。梁头短了，就说"天宽"；柱子短了，就说"下欠"。而这"下欠"的事偏偏出在鲁班自己身上，时间又紧，真是火烧眉毛。

于是，鲁班回来找娘子，说："老婆，你平时点子最多，这件事能想想办法吗？"鲁娘子一时也想不出办法来，两个人商量了好长时间，愁得一夜都没睡好。

皇宫里响了三通鼓，已到五更的时候，皇帝要上朝了。鲁娘子听到鼓声，一下子开了窍，她急忙推了一下身边的鲁班说："有了，有了！桌子不稳可以用小石头垫着；柱子短了，就不能拿大石头垫着吗？何不将错就错，把整排柱子都锯短一尺三，打上些大小一样的石墩垫着，又好看，又牢实。"

鲁班听了，高兴得一骨碌翻下床，赶紧叫起一帮徒弟，锯柱子，打石墩，忙成一片。等到午时立柱上梁的时刻，统一尺寸的柱子、石墩都准备妥当了。

金銮殿建好后，皇帝跑来一看，见柱子下的石墩非常好看，很高兴地问鲁班："这些石墩叫什么？"

鲁班顺口说："这叫'石鼓'。"

后来再盖大殿时，就是柱子不短，也要故意锯短一尺三，下面放石鼓。

石鼓的事后来广为流传，百姓盖房时也要在柱子下垫上打磨好的石头，百姓们把这些垫在柱子下的石头叫作"柱基石"。

牵手阅读

一个致命的失误，却被鲁班巧妙地化解，不得不说，这就叫智慧。和这个故事一样，很多神奇的事物都是将错就错才创造出来的。面对一些错误，我们不该束手就擒，而是应该借助自己的智慧，将错误化为一种美妙的创造，这是鲁班的智慧，也是中国人民的智慧。

导读

有这样一个人,他因为自己的自大和吹牛,被人戏弄,连续三次买到了同一只牛。可他却还不承认自己的愚蠢,引发了一连串可笑的故事。他为什么要吹牛呢?他又是怎么被戏弄的呢?让我们去认识一下这个爱吹牛的人。

爱吹牛的人

佚 名

在一个村子里,有个叫坎吉的农民,因为他好吹牛,邻居们谁也不相信他。要是有什么人发生了不愉快的事,坎吉就嘲笑说:"我就永远不会有这种事!骗我可没那么容易!"

有一天,坎吉要进城去,他打算在市场上买头牛犊。他的妻子给他准备了一根十分结实的绳子,说:"用绳子把牛犊牵回来,路上当心,不要被人家偷去了。"

"你说什么蠢话！"坎吉很生气，"我的牛犊会被偷走？简直说胡话！"

就在当天，坎吉进城了。他在市场上走来走去，转了好长时间，终于看到了一头白毛牛犊。那牛犊身躯高大，被喂养得很好。

"这正是我所要找的！"坎吉高兴地说，"我们村里还没有哪家有这么好的牛犊！"他满意得啧啧称赞。

他同卖主讲好了价钱，做了交易，就赶着牛犊往回走。走到城门时，他忽然想起附近有一个老相识——鞋匠。于是，他决定去拜访一下。

他到了朋友家，又开始吹牛了："你看，我买了一头多好的牛犊！"坎吉得意得舌头啧啧发响。

鞋匠有个学徒，名叫依季洛。他看了看牛犊，也是啧啧称赞，说："你说得对，牛犊确实不错。你可得当心，路上不要被人家偷了。"

坎吉笑着说："如果是你，这牛犊当然会被人家偷走；可是我，谁也骗不了，谁也偷不了！我不是这号人！"

他说完，告别了鞋匠，就回家去了。

等坎吉离开好一会儿，依季洛说："师父，请让我去教训一下这个好说大话的人。"

"没有人能治好他这种病。"师父回答说。

"不过，我还是请您允许我去试试看。"

"你怎么办？"

"我偷走他的牛犊。"

"你愿意，就试试看。不过，这很难成功，因为他用绳子牵着牛犊。"

"等着瞧吧！"学徒大声说，接着就从墙上取下一双新鞋子，跑到街上去了。

依季洛知道坎吉所走的路，就抄小路走到他的前面，把一只鞋扔在路上，自己藏在路边。

坎吉牵着牛犊，得意扬扬地走着，嘴里不知哼着什么歌。突然，他看见路上有一只新鞋。

"唉！"吹牛者心里不高兴了，他自言自语道："真可惜，没有第二只！我可不想为了一只鞋弯一下腰……"

于是，他拉着牛继续往前走。走了二三百步，当他走进一片橡树林时，又看见了一只新鞋。

"真可惜，刚才我没有拾起那一只新鞋！"他懊悔了，"不过，那只鞋大概还在原来的地方吧。"

坎吉忙把牛犊拴在树上，拼命地跑到大路上，去拾第一只鞋。鞋果然还在，他捡起鞋，又赶回橡树林。当他回到林子里时，才发现牛犊不见了。他找啊找啊，找遍了整个树林也不见牛犊的影子。

"它怎么能自己解开绳子呢？"坎吉伤心地自语道。他没找到牛，又回到城里，心里想：我不能空着手回去见妻子，要不然，就得告诉她牛犊丢了的事，那多丢人。于是他决定去城里重新买一头牛。

这时，学徒已将偷得的牛犊赶回了家，藏在了院子里。他向师父讲了捉弄坎吉的经过，两个人笑了好一阵。

"现在，我们怎么处置这头牛犊？"学徒问。

鞋匠还没来得及回答，门已开了，坎吉走进来了。

"坎吉，没见你牵牛，你的牛犊到哪里去了？"鞋匠装作什么也不知道。

"牛犊吗？对了！我不喜欢它了，在路上卖给了一个过路人。现在我想再买一头,所以回来了。"

鞋匠一边让他喝水,一边说:"你很走运,我早就准备卖一头牛犊。如果你不嫌弃的话,我可以让给你。"

他吩咐学徒把牛犊牵来。

"你要多少钱?"当学徒把牛犊牵来后,坎吉问。

"你那一头买成多少钱,我这一头就卖多少钱。"

"这不行!"坎吉挥了挥手,"你的牛犊难道比得上我的那头?我那头又肥又壮,而你这头没那么壮,连毛也短得多!"

"告诉你,再便宜,我是不卖的。"

坎吉只得掏出钱,买下了自己原来的那头牛犊。

当他把牛犊牵出院子时,鞋匠说:"坎吉,我希望你的牛在路上不要被人家偷了!"

坎吉又吹牛了:"不会的,没有人能偷走我的东西!我不是这号人!"坎吉一走,依季洛又说:"师父,让我再去把这头牛偷来!"

"好了,这回他肯定看得紧,你第二次就偷不到了!这次你骗不了他!"

"不过,您还是让我试试看,我很想治好他那吹牛的毛病。"

"那么,你去试试吧……"

依季洛穿过丛林,走到吹牛者的前面,藏在路边的灌木丛里等着。

坎吉一来,学徒就装牛叫:"哞——哞——"

"这一定是我那头走失的牛犊在叫。"坎吉高兴起来了,"我得马上去捉住它,这样我就有两头牛犊了。"坎吉把牛犊拴在一棵橡树上,跑向灌木丛,牛叫声就是从那里传出来的。

这时候,依季洛继续装牛叫,从一个地方跑到另一个地方。他把吹牛者引到密林里后,就急忙跑到橡树前,解开牛绳,又把牛赶回师父家去了。

坎吉为了寻得原先走失的牛,在树林中钻来钻去,直到太阳西斜时才从树林里走到大路上。他发现自己的第二头牛犊也不见了。他难受极了,但他不愿让妻子知道自己连着丢了两头牛。于是,坎吉又向城里走去。他走到鞋匠的家门口,默不作声地站住了。

"是什么风把你吹进城来了！我师父卖给你的那头好牛犊呢？"聪明的依季洛问道。

"我告诉你，"吹牛大王又开始吹牛了，"我到一座庙里去，把牛犊送给了方丈，希望神对我好一些。明天早晨，我到市场上去再买一头。"

鞋匠笑了笑，说："不必等到天亮，我还有一头牛犊要出售。"

依季洛忍住笑，牵来了白毛牛犊。鞋匠为了不笑出声音，一直用扇子掩住嘴。坎吉看见牛犊，不满意地说："这牛犊比我的差远了！"

这时，师徒俩忍不住大声地笑起来，笑得很响。邻居们听见都赶来了，大家问是怎么回事。鞋匠就把坎吉两次买了同一头牛而且还要买第三次的事儿说了一遍。邻居们听了，也都哈哈大笑。

当笑声慢慢停下来后，鞋匠说："坎吉，你要是答应以后永不吹牛，我就把牛和钱都还给你。"

坎吉只好答应，因为他没有钱、没有牛，不能回家。他要了一条粗一点儿的绳子，垂头丧气地牵着牛回家去了。

不几天，这件事就传到了吹牛者的村子里，连小孩子都知道了。从此，只要坎吉一吹牛，就会有人说："坎吉，你还记得不，你是如何三次买同一头牛的！"听见这话，吹牛的坎吉就低下头不语了。

牵手阅读

因为吹牛自大，坎吉闹出了很多笑话。有时候，敢于认识自己的错误是一种智慧，能让自己收获很多；敢于正视现实也是一种智慧，能够让自己变成真实的人。当我们遇到了问题，要敢于去面对。我们不能做吹牛自大的坎吉，要做脚踏实地的人。

 **中国楷模**

　　我国是世界四大文明古国之一，历史悠久的文明积淀了丰富的道德价值标准，比如爱国爱民、诚信友善、勤劳节俭等等。而每一个时代都涌现出一大批值得我们学习的楷模人物，他们用优秀的品质和高尚的情操诠释着中华民族的优良传统美德，影响了一代又一代的炎黄子孙。他们都是我们的榜样，值得我们了解、敬佩和学习。

导读

巴金曾说:"为着追求光和热,人宁愿舍弃自己的生命。生命是可爱的。但寒冷的寂寞的生,却不如轰轰烈烈的死。"我被这些话所震撼感动,让我们一起来了解这位伟大的作家吧。

心灵的灯永远闪烁——"人民作家"巴金

巴金,1904年出生于四川成都正通顺街,原名李尧棠,字芾甘。巴金是中国现代著名作家、翻译家。

巴金出生在四川成都一个李姓官僚家庭,他小的时候身体很不好,家里人忧心忡忡,给他请了最好的大夫,吃最好的药。巴金14岁才上学,进入了当地一家英语补习学校念书,感受到了和家中完全不同的一种学习氛围。可惜仅仅过了一个月,巴金就因为旧病复发被迫辍学。1925年,巴金21岁的时候,想要北上报考北京大学。他的成绩非常优秀,可是当他去体检的时候,却查出得了肺病,不得不回家休养。休养期间，巴金想通了一件事，只要真心喜欢读书，真心爱好文学，一样可以做出一番成就来。

　　巴金的代表作"激流三部曲"包括三部作品《家》《春》《秋》。《家》最为广大读者所熟悉和喜爱。它讲述的是四川成都一个四世同堂的大家族高家的故事。高家第一代族长是高老太爷，是个封建官僚，家里人没有谁敢违抗他的命令。这是巴金着力批判的一个人物。高家第二代则是高克明、高克安、高克定。除了老大高克明为人正直外，其他人都有纨绔子弟的恶习，好吃懒做，为富不仁。高家第三代高觉新、高觉民、高觉慧则是巴金重点的写作对象。老大高觉新是高府的长房长孙，他受过新学堂的教育，渴望冲破家族的桎梏，追求自己的生活，但是又懦弱不敢反抗。老二高觉民性格温和，十分上进，在自己的婚姻上，他坚决反抗祖父的包办婚姻，与他喜欢的琴姑娘离家追求幸福。老三高觉慧则是三个兄弟中性格最激进、最反抗的一个，他在哥哥觉新的帮助下，离家出走，办报纸，宣传民主思想。

　　巴金一生中创作与翻译了1300万字的作品。他的

《激流三部曲》(《家》《春》《秋》)、《爱情三部曲》(《雾》《雨》《电》)、《寒夜》、《憩园》、《第四病室》等文学作品,是中国文学的丰碑。

巴金还是杰出的出版家、编辑家。二十世纪三四十年代,他曾任上海文化生活出版社总编辑14年之久,培育了大批文学青年。巴金晚年撰写的《随想录》,内容朴实、感情真挚,充满着作者的忏悔和自省,巴金因此被誉为"二十世纪中国文学的良心"。2003年11月25日,巴金百岁生日,国务院在上海授予巴金"人民作家"光荣称号。2005年10月17日,一代文学巨匠巴金因病逝世,享年102岁。

巴金先生以他的人格魅力和艺术良知,以他相得益彰的人品与文品,使二十世纪的中国文学放射出独特而永恒的光彩。巴金在人们心中如一盏长明灯,照亮文坛。

牵手阅读

　　这篇文章从家庭、作品、作品内容等方面向我们展示了一个热爱文学、拥有独特人格魅力的巴金。他身上拥有许多值得我们学习的品质，比如：几次因为身体原因未能继续学业，却依然不放弃，执着追求文学梦。请大家思考一下，你在巴金的身上还学习到了哪些其他品质？你阅读过巴金的哪些作品？读完后你有什么样的感悟呢？

# 中华成语故事

成语在人们的日常交往中发挥着不可替代的巨大作用，成语的来源很多，有的出自古诗文，有的出自口头俗语，也有的出自古代的神话故事、历史故事、人物典故等。有一些成语，往往从字面上看不出它的意思，只有知道它的出处，才能把它弄懂，例如"天衣无缝""别无长物"等，本章就带领大家看看这两个成语的故事来源。

导读

我们看看身上穿着的衣服，都有针线缝合的缝隙吗？可是有一种衣服就没有针缝，那就是传说中的天衣。我们来看看天衣是什么样的吧！

天衣无缝

古文今释

有个读书人叫郭翰，一个夏天的夜晚，他正在院子里乘凉。突然，吹来了一阵清风，院中弥漫着一股清香。郭翰一抬头，天哪！这是多么美丽的一个女子啊！她从半空飘下来，就像仙女一样！郭翰一问，她果然真是仙女，而且是牛郎的妻子织女。原来她织布织累了，就到人间来解解闷。

郭翰被织女的服装给吸引了。这件衣服真是他见过最美的衣服了。最让他惊讶的是这件衣服竟然找不到针缝！他很纳闷：这衣服是怎么剪裁的呢？怎么会没有缝合的地方呢？

织女说："这是一件天衣，和你们人间穿的衣服是不一样的。这种衣服从来不用刀裁，也不用针线来缝，当然找不到缝合的地方啦。"

郭翰第二天就赶紧把事情告诉邻居们，大家都觉得很惊奇呢！

前人之理

原来没有针缝的天衣居然是织女的衣服，这个故事突出了天衣的神奇以及天衣与人类衣服的不同。后人多用这个词比喻做事周密完善，找不出什么毛病。我们长大以后做事情，也要尽量地做到精益求精。

牵手阅读

这个成语出自五代时的《灵怪录·郭翰》:"徐视其衣并无缝;翰问之;谓曰:'天衣本非针线为也。'"后来多用来指事物浑成自然,细致完美,无破绽可寻。比如我们可以称赞一幅破损了的画作,被师傅修补得天衣无缝,一点也看不出破绽。这也是一种对完美的追求,我们平时做事也要做到精益求精,不能得过且过。小朋友们,用"天衣无缝"这个成语造个句子,你还能想到什么呢?它的反义词是什么呢?

导读

当一个人很贫穷时,我们会用一个成语来形容他:别无长物。可是你知道这个成语从哪里来的吗?"长物"又是什么意思呢?

别无长物

古文今释

东晋有个叫王恭的人,平生非常廉洁清明,生活节俭朴素。他的为人作风受到大家的称赞,都说他将来肯定能成大事。

有一次,王恭到会稽(今浙江省绍兴)去出差,几个月后才回到建康(今江苏省南京市),在这个繁华嘈杂的都城里,他并没有受到影响,仍然过着十分简单朴素的生活。

有一天,他的族叔王忱来看望他,两人久别重逢，欢快地坐在一张六尺长的竹席上，亲密地谈了很久。王忱挺喜欢这张做工精细的竹席，他想，王恭从会稽来，而那里盛产竹子，他大概不会只带一张竹席吧。便问他："你刚从盛产竹子的会稽回来，一定带了不少这样的东西，可以送一张给我吗？"

王恭愣了一下，随即爽快地答应了。

王忱回去后，王恭派人把自己坐的竹席送给王忱。他自己再没有多余的竹席了，就只好在地上铺了张草毡子，读书吃饭都坐在草毡子上面。

后来，王忱听到这个情况十分惊讶，连忙来看王恭。抱歉地对他说："我原本以为你一定有好几张这样的席子，所以才开口向你要一张，怎么也没有想到你只有这么一张席子啊！"

王恭笑着说："您老人家不了解我，我从来不喜欢弄多余的东西。"王忱听了，对王恭的廉洁更加敬佩了。

前人之理

"别无长物"是指没有多余的东西。王恭的这种廉洁、洒脱、不为身外物羁绊的态度值得我们学习。小朋友们也应该树立正确的价值观，不要受到社会不良风气的影响。

 牵手阅读

这个故事出自《世说新语·德行》："丈人不悉恭，恭作人无长物。""别无长物"的意思是除一身之外再没有多余的东西，原指生活俭朴，现用来形容生活贫穷。故事里的王恭虽身为大官，却连一张多余的竹席也没有，可见其生活俭朴，不拘小节，对于身外之物没有贪念。我们应该学习王恭廉洁质朴的精神品质，树立正确的人生观、价值观。大家想一想，"别无长物"的近义词有哪些呢？它的反义词是什么呢？

古诗词积累——夏天的诗

　　夏天在我们的脑海中,总是骄阳似火、郁郁葱葱、生机勃勃的。夏日是激情的象征,是活力的见证,是明朗畅快的代名词。那么,生活在古代的诗人们,他们眼中的夏日是什么样子的呢?他们在观赏夏日的美好景象时又生发出了怎样的思考与感悟呢?本章选取了唐宋时期的几首脍炙人口的写景抒情诗,让我们一起走进诗人笔下明亮的夏天,获得关于夏天的新的收获与发现吧!

导读

炎热的夏季,诗人来到池边纳凉。请想象一下,听着船笛,闻着莲香,他的心情产生了怎样的变化?

纳 凉

[宋]秦 观

携杖来追柳外凉,
画桥南畔倚胡床。
月明船笛参差起,
风定池莲自在香。

牵手阅读

这是秦观的七言绝句作品,人们看到的,是大热天诗人携杖出户,来到柳外追寻清凉世界的情景。此诗以纳凉为题,诗中着力表现的是一个远离世间烦扰和炎热之处。诗人首先经过寻访,发现了这个地方的秘密,其次进行具体布置,置身其间,把思想感情寄托在一个"自清凉无汗"的世界。但是,透过诗句的表面,结合作者对官场的厌弃,我们隐约地看出:诗人渴望远离的是炙手可热的官场社会,这就是他刻意追求一个理想中的清凉世界的原因。同学们,面对炎炎夏日,你有没有好的避暑方式和去处呢?

导读

梅子变黄、小溪涨水、绿荫渐浓、黄莺啼鸣,在悄然变化的自然万物中,夏日向我们走来了。夏日里都有哪些美好的风景呢?让我们走进诗歌里瞧一瞧吧!

三衢道中

[宋]曾 几

梅子黄时日日晴,
小溪泛尽却山行。
绿阴不减来时路,
添得黄鹂四五声。

牵手阅读

　　《三衢道中》是宋代诗人曾几创作的七言绝句，描写了诗人于初夏行于三衢道中的所见所闻所感。五月梅子成熟，天气明净而晴朗，小船泛游到小溪的尽头，诗人便要开始山间的步行。而两山夹道，山木郁郁葱葱、苍翠欲滴，更有黄鹂不时地四五声鸣叫，平添一份幽趣。诗歌虽仅仅记叙了旅途跋涉的经历和风景，但字字句句却流露着作者愉悦轻松的心情。作者以发现美的眼睛打量着眼前的自然风景，虽是寻常事物，却也变得美好而清新。那么同学们，你也有过夏日出行的经历吗？在路途中你都看到过怎样的风景、有过怎样的体会和感情呢？

导读

想想你的暑假生活,午睡醒来,你会做什么呢?再读一读诗歌,看看诗人是如何度过一个慵懒的午后吧。

闲居初夏午睡起

[宋]杨万里

梅子留酸软齿牙,
芭蕉分绿与窗纱。
日长睡起无情思,
闲看儿童捉柳花。

牵手阅读

　　这是宋代诗人杨万里的组诗作品之一。写夏初芭蕉分绿、柳花戏舞，诗人午睡初起，没精打采，当看到追捉柳絮的儿童时，童心萌发，便自然而然地沉浸其中了。这首诗选用了梅子、芭蕉、柳花等意象来表现初夏这一时令的特点。诗人闲居乡村，午睡后，悠闲地看着儿童扑捉空中飘飞的柳絮，心情顿时舒畅。诗中用"软"字，表现了诗人闲散的意态；尤其是"闲"字，不仅淋漓尽致地把诗人心中那份恬静闲适和对乡村生活的喜爱之情表现出来，而且非常巧妙地呼应了诗题。全诗文字精练，充满生活情趣。同学们，你们有午睡的习惯吗，养成午睡的习惯对一天的学习也有很重要的作用。

> **导读**
>
> 夏日的高温总是令人难以忍受,半夜起床吹风,追逐一丝丝难得的凉意,转而看到静谧夜晚的独特风景,这会是怎样的一副场景呢?让我们到诗歌当中来寻找答案吧!

夏夜追凉

[宋] 杨万里

夜热依然午热同,
开门小立月明中。
竹深树密虫鸣处,
时有微凉不是风。

牵手阅读

《夏夜追凉》是宋代诗人杨万里记叙自己半夜起床追寻凉意的小诗，语言质朴生动，充溢着浓浓的生活气息。夏夜的热丝毫不弱于午日，诗人敞开小门独立在明月之下，庭院里的竹林树丛幽密静默，顽皮的虫儿声声地啼叫鸣唱，静中有动。而诗人顿时觉得这夏日的凉意并不来自于风，而是源于沉静的内心。常言道：心静自然凉。纵使处于炎热的环境中，只要自己能保持沉静的心态，便能抵抗住外界的环境，保有自我的凉意与舒适。因此这也启示我们，要学会发挥个体的主观能动性来积极战胜外在的困难。那么同学们，你是如何克服炎热的呢？从生活的小细节里，你有没有提炼出什么独特的启示呢？

 **导读**

初夏时节,海棠花谢,柳絮也渐渐飞尽,诗人看到这一切,产生了怎样的心情?到诗中找找答案吧!

初 夏

[宋]朱淑真

竹摇清影罩幽窗,
两两时禽噪夕阳。
谢却海棠飞尽絮,
困人天气日初长。

牵手阅读

　　这首诗描绘了春末夏初的景象,同时也借景抒发了诗人郁郁寡欢的心情。前两句有静有动,静态中的"清影"和"幽窗"、动态中的"竹摇"和"鸟噪",真是绘声绘色。后两句将前句中的烦躁情绪进一步深化,初夏时分海棠花谢了,柳絮也飞尽了,白天越来越长了,实在给人一种"困"的感觉。全诗寄情绪于景物,淡淡几笔,却极具感染力。同学们,在初夏的时节,你最喜欢做什么呢?

 和大人一起读

　　读书不一定是自己阅读,也可以和大人一起阅读,因为大人与孩子的阅读视角和关注的角度总会有所不同,在阅读后和大人交流有助于我们更好地理解文本。本章节给大家带来的是一首意蕴丰富的哲理寓言诗——《失落的一角》,我们要思考的是:什么是"失落的一角"?一起来阅读吧!

导读

有一个圆缺了一角,它一边唱着歌一边寻找那失落的一角。它漂洋过海,历经风吹雨打,终于找到了与自己最合适的那一角,可是为什么,它又把这一角放下了呢?

失落的一角

[美]谢尔·希尔弗斯坦

有一个圆,

它缺了一角,

它不快乐。

所以,它动身去找

它那失落的一角。

它一边滚动

一边唱着歌:

"噢,我在找我那失落的一角

我在找我那失落的一角

嗨——哟——哟，我要去，

寻找我那失落的一角。"

有时在太阳底下曝晒，

但接着又淋了场冰凉的雨。

有时被冰雪冻僵了，

但接着太阳出来了，身子又暖和过来。

因为缺了一角，

它滚不了太快。

所以，它会停下来

和虫儿说说话，

或者闻闻花香。

有时它会超过一只甲虫，

有时甲虫又超过了它，

这是它最美好的时光。

就这样不停地滚着，

漂洋过海

"噢，我在找我那失落的一角

跨过高山，越过海洋

历经千辛万苦

我在找我那失落的一角。"

穿过沼泽与丛林

上山

下山

直到有一天,啊,它终于找到了!

"我找到了我那失落的一角,"它唱道,

"我找到了我那失落的一角

历经千辛万苦

我找到了我那……"

"等一等,"那一角说道,

"你先别唱什么

历经千辛万苦……"

"我不是你失落的一角。

我不是任何人的一角。

我就是我。

就算我是

别人失落的一角,

那也不会是你的!"

"噢,"它沮丧地说道,

"打扰你了,真对不起。"

它继续滚动。

它又发现一角,

但这一角太小了。

这一角又太大,

这一角又尖了点儿,

而这一角又太方了。

有一回,它似乎

找到了

非常合适的一角

但是,它没有握紧,

掉了。

另一回,它又握得太紧,

弄碎了。

就这样一直一直滚动着,

险象环生,

掉进坑洞,

撞到石墙。

后来有一天,

它又偶然碰到一角,

看上去

非常合适。

"你好。"它说。

"你好。"那一角回应。

"你是别人失落的一角吗?"

"我不知道。"

"啊,或许你想成为你自己的一角?"

"我可以是某个人的,同时我又是我自己的。"

"啊,或许你不想成为我的一角。"

"那倒未必。"

"或许我们不合适……"

"那……"

"嗯——?"

"嗯——!"

合适!

非常合适!

终于找到了!终于找到了!

它又开始滚动

因为它现在
完整了,
它滚得越来越快
越来越快。
它从来
都没有这么快过!
快得不能停下来
和虫儿说说话,
或者闻闻花香
快得蝴蝶不能落在它身上歇脚。
但是,它可以唱它的快乐歌了,
它终于可以唱
"我找到了我那失落的一角。"
它开始唱——
"我找——我那失——角——
我——我——落——
历——千——
找——
我……"

天啊！现在

它完整了

可是它却连歌都唱不了了。

"啊！"它想道，

"原来是这样！"

于是，它停下来……

把那一角轻轻地放下，

慢慢地往前滚动。

它一边滚动，一边清亮地唱着——

"噢，我在找我那失落的一角

我在找我那失落的一角

嗨——哟——哟，我要去

寻找我那失落的一角。"

牵手阅读

作者谢尔·希尔弗斯坦是美国著名的诗人、插画家、剧作家、作曲家，也是二十世纪最伟大的绘本作家之一。这篇《失落的一角》是他的代表作。我们阅读的时候需要思考一下："失落的一角"代表着什么呢？是不是我们人生的缺憾与不圆满呢？圆在最后发现自己不能再欢快地唱歌了，它放下了那一角，是因为它懂得了缺憾有时胜过完美，人生要看到自己的价值。你可以是别人的一角，但你也是你自己。你有没有"失落的一角"呢？

本书编选过程中，得到了许多作者和译者的帮助，在此一并致谢。部分文章因编选需要，做了删改，特此说明。虽经多方努力，仍有部分版权所有人未能于出版前取得联系，我们将委托中国文字著作权协会代转稿酬及样书，联系电话：010-65978917。